Chère lectrice,

A cinquante-cinq ans, l'armateur Abraham Danforth est un homme riche, puissant, respecté. Après une brillante carrière dans la Marine, il est revenu à Savannah pour reprendre les rênes de Danforth & Co. Au fil des années, l'entreprise de transport maritime, fondée par son grand-père, est devenue florissante.

Si la réussite professionnelle d'Abraham est indéniable, sa vie personnelle est moins heureuse. Après la mort accidentelle de sa femme à l'âge de vingt-neuf ans, Abraham a envoyé ses cinq enfants en pension. Délaissés par leur père pendant leurs brefs séjours à la maison, les quatre garçons et leur jeune sœur ont trouvé l'affection qui leur manquait auprès de la famille de leur oncle Harold, qui réside, elle aussi, à Crofthaven Manor, la splendide propriété familiale qui surplombe la baie de Savannah.

Au moment où s'ouvre **La dynastie des Danforth**, nous sommes en janvier 2004. Abraham, mettant en avant son intégrité et ses valeurs morales, a décidé de se présenter aux élections sénatoriales. Pour l'aider à mener à bien sa campagne, il entend que ses enfants donnent l'image d'une famille unie et sans reproche…

Résumé du volume précédent…

Chargé d'installer la permanence électorale de son père, Reid Danforth a fait la connaissance de sa jolie voisine, Tina Alexander. Leur liaison passionnée a dû rester secrète, le temps que leurs parents respectifs comprennent que leur amour n'était pas qu'un feu de paille. Les deux familles en sont à préparer leurs fiançailles…

Ce mois-ci : A la suite de lettres de menace qu'il a reçues, Abraham Danforth décide d'assurer la sécurité de sa fille Kimberly en employant un garde du corps. Mais Kimberly, elle, est résolue à continuer à mener sa vie indépendante sans avoir de compte à rendre à personne ! Sauf que Zack Sheridan, dévolu à cette tâche et habitué à commander, n'a aucunement l'intention de se laisser marcher sur les pieds par la jeune héritière, même si elle possède les plus jolis yeux verts qu'il lui ait été donné de rencontrer…

La dynastie des Danforth se poursuit. Vous aurez le plaisir de la retrouver chaque mois jusq

D0994688

LA DYNASTIE DES DANFORTH

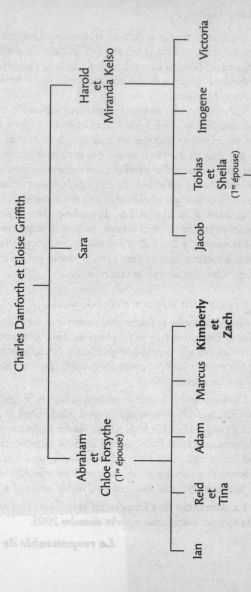

Charles Danforth et Eloise Griffith

Abraham et Chloe Forsythe (1re épouse)
- Ian
- Reid et Tina
- Adam
- Marcus
- **Kimberly et Zach**

Sara

Harold et Miranda Kelso
- Jacob
- Tobias et Sheila (1re épouse)
  - Dylan
- Imogene
- Victoria

MAUREEN CHILD

Née en Californie, Maureen Child a une passion pour les voyages. Jamais elle ne laisse passer une nouvelle occasion de partir à l'aventure (avec son mari, tout de même... !) et à la découverte d'un pays. Mais son grand amour, c'est la littérature, l'écriture. On ne s'étonnera donc pas qu'elle soit l'heureux auteur de plus de soixante romans, qui ont tous un point commun : sensuels et pleins d'émotion, ils se terminent bien. « *Le happy end*, affirme Maureen, voilà ce qui fait de ma profession le plus beau métier du monde ! » On la croit volontiers !

*Cet ouvrage a été publié en langue anglaise
sous le titre :*
MAN BENEATH THE UNIFORM

Traduction française de
CAROL MONROE

HARLEQUIN®

est une marque déposée du Groupe Harlequin
et Passion® est une marque déposée d'Harlequin S.A.

Originally published by Silhouette Books,
division of Harlequin Enterprises Ltd.
Toronto, Canada

*Toute représentation ou reproduction, par quelque procédé que ce soit, constituerait
une contrefaçon sanctionnée par les articles 425 et suivants du Code pénal.*
© 2004, Harlequin Books S.A. © 2005, Traduction française : Harlequin S.A.
83-85, boulevard Vincent-Auriol, 75013 PARIS — Tél. : 01 42 16 63 63
Service Lectrices — Tél. : 01 45 82 47 47
ISBN 2-280-08360-4 — ISSN 0993-443X

MAUREEN CHILD

Les étincelles de la passion

Collection *Passion*

éditions **Harlequin**

The Savannah Spectator

Indiscrétions

Protection très... rapprochée pour une héritière

Comment une jolie héritière — connue pour son amour de la solitude et farouchement attachée à son indépendance — en est-elle arrivée à héberger un homme dans son petit appartement ? Qui est cet individu à la stature imposante qui fait tourner la tête de toutes les femmes sur son passage ?

Nous pouvons vous révéler qu'il s'agit d'un garde du corps et pas n'importe lequel ! Appartenant à un commando de Marine, il est plus habitué aux opérations dangereuses qu'à veiller sur une jeune femme au caractère bien trempé. Mais apparemment, il prend son rôle de protecteur très au sérieux… Au point où on l'a vu se promener plusieurs soirs au clair de lune avec la jeune femme qui est « l'objet » de sa mission. Et l'un de nos reporters, invité à l'une des soirées fastueuses qu'affectionne la haute société de Savannah, a pu observer le couple évoluer dans la salle de bal de manière très… rapprochée.

Question : le papa de la demoiselle avait-il prévu que le garde du corps engagé pour assurer la sécurité de sa fille prenne sa mission tellement à cœur ?

Affaire à suivre…

1.

Sourcils froncés, Zack Sheridan fixait les lumières de la rue, derrière la baie vitrée du bar dans lequel il était attablé, face à son ami Danny Akiona.

— Elle étudie les *poissons* ? répéta celui-ci d'un air incrédule.

Marine comme lui, Danny était, depuis des années, son meilleur ami. Il éclata d'un grand rire franc, et Zack le foudroya du regard, mais s'abstint de répondre. Après tout, il aurait été le premier à rire si Danny — ou n'importe qui d'autre d'ailleurs — s'était trouvé, à sa place, confronté à une telle situation.

Il reprit une longue gorgée de sa bière, et se recula dans son siège, pour observer la foule qui emplissait le bar.

Plusieurs couples étaient assis aux petites tables alignées le long de la baie vitrée, alors que la plupart des célibataires, hommes ou femmes, restaient près du comptoir, debout, ou juchés sur de hauts tabourets de bois vernis.

Un vieux juke-box jouait un tube des années soixante-dix, tandis que les serveuses — vêtues de minijupes en cuir noir et de bustiers moulants rouges qui leur dénudaient le nombril — se frayaient un chemin à travers les tables en ondulant des hanches, portant à bout de bras leurs plateaux chargés des consommations des clients.

Zack soupira, en observant l'une d'elles, une blonde spectaculaire à la poitrine opulente. S'il avait été libre, il se serait fait un plaisir de flirter avec elle, histoire de commencer en beauté sa première nuit de permission.

Oui, mais voilà, la permission en question avait été suspendue. Et on lui avait assigné à la place une mission d'un mois qui commençait le lendemain matin même !

Ce qui correspondait très exactement à la durée de la permission qu'il aurait dû avoir.

Donc, il n'était pas question de batifoler. Même avec une blonde aussi appétissante.

— Mon pauvre vieux, compatit Danny en riant, c'est vraiment trop drôle.

Zack lui jeta un regard noir.

— Heureux de savoir qu'il y en a que cela amuse.

— Avoue quand même, reprit Danny, ses yeux sombres brillant de malice et son visage perpétuellement bronzé éclairé d'un large sourire, que c'est plutôt comique : nous, on obtient un mois de perme, et *toi*, tu te retrouves à jouer les gardes du corps pour une richissime farfelue qui passe sa vie à étudier les poissons.

Il leva son verre pour porter un toast.

— Je bois à toutes les femmes que je vais pouvoir séduire, pendant qu'on t'aura retiré du circuit !

Zack leva les yeux au ciel. Oui, Danny avait raison, il allait bel et bien être retiré du circuit. Et tout ça pour aller « baby-sitter » une jeune femme née avec une petite cuillère en argent dans la bouche.

8

— Oh, le mois va me paraître long, grommela-t-il en se tournant de nouveau vers la fenêtre, pour regarder l'agitation de la rue.

Même en ce soir frisquet de février, la rue grouillait de touristes. Savannah, petite ville typique du Sud, offrait un superbe port, de ravissantes vieilles maisons, et quelques bars branchés. Appareils photo en bandoulière et guides touristiques à la main, les visiteurs déambulaient dans les rues étroites, et au bord de l'eau. Les boutiques de souvenirs ne désemplissaient pas de toute l'année.

En temps ordinaire, Zack aimait, lui aussi, y savourer un peu de bon temps, en arpentant la vieille ville, à la recherche de jeunes beautés sudistes.

Hélas, cette fois-ci, il n'était pas à Savannah pour courir les filles avec son ami Danny, mais pour raisons professionnelles.

Ou, plus exactement, pour effectuer une punition.

— Tu le savais bien, dit Danny, ramenant l'attention de Zack à la conversation en cours, que tu allais te faire sonner les cloches, dès ton retour à la base.

Zack fit glisser son verre sur la table, fixant, d'un air absent, les traces d'eau sur le bois vernis. Puis il releva les yeux vers son ami.

— Alors, tu crois que j'aurais dû agir différemment ?

— Jamais de la vie !

Danny se redressa sur son siège, et appuya ses avant-bras sur la table.

— Si tu n'étais pas retourné chercher Hunter...

Danny laissa un instant sa phrase en suspens avant d'ajouter :

— Non, c'était impossible. *Il fallait* qu'on y retourne. Ordres ou pas.

— Heureux de savoir que tu penses comme moi.

Danny leva son verre, et Zack l'imita, et ils trinquèrent tous les deux à la santé de leur commando de marine.

Zack approuva d'un hochement de tête. Il savait qu'il avait eu raison d'agir comme il l'avait fait. Mais c'était réconfortant d'entendre son ami le soutenir. La règle était simple, et il s'y tenait quoi qu'il advienne : un membre du commando ne laissait jamais un de ses hommes derrière lui. Si une équipe de six marines participait à une mission, alors les six devaient rentrer à la base. Mort ou vivant, chacun revenait toujours chez lui.

Les souvenirs assaillirent soudain sa mémoire. Il se rappelait, en détail, chacun des moments de cette mission qui avait mal tourné. Il y avait eu un problème dès le départ. Les services de renseignements avaient commis une erreur. L'otage que Zack et ses hommes devaient récupérer ne se trouvait pas là où il était supposé être. Ils avaient donc perdu un temps précieux à le localiser. Ce qui avait permis au garde ennemi, chargé d'effectuer les rondes de surveillance, de déclencher l'alarme.

Zack et le reste de ses hommes atteignaient le Zodiac lorsqu'ils s'étaient aperçus de l'absence de l'un des leurs, Hunter Cabot. Zack avait appelé son commandement, et avait reçu l'ordre d'abandonner Hunter et de se tirer de là en vitesse.

Repenser au peu de cas que son supérieur hiérarchique avait fait de la vie d'un homme de son commando mettait encore Zack en fureur. Pour rien au monde il n'aurait abandonné un de ses hommes. Alors, il avait désobéi aux ordres et laissé ses hommes garder l'otage, pendant que lui-même retournait récupérer Hunter qui avait été blessé. Aujourd'hui, celui-ci se remettait à l'hôpital, bichonné par de superbes infirmières, tandis que lui-même avait été condamné, à cause de son insubordination, à cette mission d'un genre très spécial, à savoir jouer les gardes du corps pour une jeune héritière.

La vie était parfois injuste !

— Quel genre de poissons, tu crois ?

Zack fronça le sourcil, brusquement ramené à la réalité par la voix de Danny.

— Hein ?

— Peut-être qu'il s'agit de poissons intéressants, du genre requin, par exemple. Chez moi, un jour, j'ai vu un requin assez gros pour...

Zack leva une main pour l'interrompre.

— Je t'en prie, pas de folklore hawaiien, d'accord ?

Danny Akinoa n'aimait rien tant que raconter des histoires vantant la beauté d'Hawaii dont il était originaire, avec ses paysages superbes, ses vagues impressionnantes, et ses femmes somptueuses, dont beaucoup, selon lui, étaient d'ailleurs folles de son corps... Mais, ce soir, Zack ne se sentait pas du tout d'humeur à l'écouter.

Danny le gratifia d'un grand sourire.

— D'accord, d'accord, dit-il d'un ton apaisant. Alors, dis-moi, quand vas-tu rencontrer la fille aux poissons ?

— Demain matin, 8 heures. Autrement dit, ma liberté va rapidement prendre fin.

— Mais c'est génial, mon vieux. Ça nous laisse toute la nuit pour s'amuser !

Zack répondit à son sourire, se sentant un peu réconforté par l'indéfectible bonne humeur de son ami. Danny avait raison. Inutile de se comporter comme s'il était prisonnier, avant que les portes de la prison ne se soient refermées sur lui.

— Tu as raison, reconnut-il en riant.

— Et comment que j'ai raison !

Danny leva la main pour attirer l'attention de la serveuse.

— Tu sais ce qu'on va faire : on va se trouver deux filles sympa, et on va concentrer en une seule nuit l'équivalent de tout un mois de permission. Qu'en dis-tu ? Si c'est ta dernière nuit de libre, autant en profiter au maximum, non ?

Une nuit blanche, pensa Zack. Il l'avait déjà fait de nombreuses fois. Alors, pourquoi pas ce soir ?

Tous les marines savaient qu'il fallait vivre l'instant présent avec intensité, parce que, dans un métier où les risques étaient quotidiens, on ne pouvait jamais prédire de quoi l'avenir serait fait.

Il serait toujours temps, le lendemain matin à 8 heures, d'affronter la fameuse Kimberly Danforth — bon sang, quel prénom snob ! — et de voir à quoi allait ressembler cette satanée mission de quatre semaines…

— Je ne sais pas si je te l'ai déjà dit, Danny, mais j'aime ta philosophie de la vie, dit-il en levant son verre avec un grand sourire pour trinquer une nouvelle fois.

Kimberly Danforth leva les yeux au ciel, luttant contre une furieuse envie de raccrocher le téléphone.

— Enfin, papa, c'est ridicule ! Je ne veux pas d'un chien de garde. Je n'en ai aucun *besoin*.

La voix d'Abraham Danforth, grave et autoritaire, lui parvint dans l'appareil.

— Kimberly, nous ne *pouvons pas* ignorer ces menaces.

— Papa, je t'en prie. D'une part, il ne s'agit que d'une seule lettre et, d'autre part, la menace était dirigée contre toi, pas contre moi.

Il y eut une longue pause, et elle entendit son père, à l'autre bout du fil, inspirer profondément. Elle compta mentalement jusqu'à dix, sachant qu'il était en train de faire de même.

Abraham gardait le contrôle de lui-même en toute circonstance, prenant toujours le temps de réfléchir, et pesant chaque mot avant de s'exprimer. Des qualités qui lui servaient dans la campagne qu'il menait pour devenir sénateur.

— Kimberly, qui que ce soit qui se trouve derrière ceci sait bien évidemment que la plus sûre façon de me faire du mal serait de faire du mal à ma famille.

Kimberly soupira. Son père n'avait pas toujours été le père le plus présent, ni le plus affectueux. Ce puissant homme d'affaires avait toujours consacré la majeure partie de son temps à gérer les intérêts familiaux, plutôt que de le passer avec ses cinq enfants. Pourtant, il les aimait, et Kimberly savait qu'il s'inquiétait pour elle, encore davantage que pour les autres, parce qu'elle était la plus jeune et, de surcroît, son unique fille.

L'auteur de la lettre de menace n'avait pas implicitement impliqué sa famille, Kimberly savait donc fort bien qu'elle n'était pas vraiment en danger. Ce qui rendait cette histoire de garde du corps d'autant plus difficile à accepter. Mais elle ne pouvait pas se permettre de refuser cette protection, que son père lui imposait, au risque d'ajouter encore à ses soucis.

Par ailleurs, son oncle Harold, le frère cadet d'Abraham, lui avait demandé d'accepter la requête de son père, expliquant que toute la famille se trouverait soulagée de la savoir en sécurité.

— Allez, Kimberly, fais ça pour ton vieux père, avait-il dit. Tu veux bien ?

Elle avait hoché la tête en souriant, prête à accepter la supplique d'Harold Danforth qui avait joué le rôle, pour ses frères comme pour elle, d'un père de remplacement. Déchargé des responsabilités de diriger l'entreprise familiale, il avait pu consacrer davantage de temps à la fois à ses propres enfants et à ceux d'Abraham.

— O.K., répondit Kimberly à son père, d'accord pour qu'il me protège. Mais il est hors de question qu'il habite ici.

— Voyons, Kimberly, ne fais pas l'enfant ! Tu peux le faire dormir dans ta chambre d'amis.

— Papa, je refuse de laisser un étranger habiter chez moi.

— Ce n'est pas un étranger, c'est le fils de...

— Ton vieux camarade de ton commando, je sais, papa, l'interrompit-elle.

— Zack Sheridan devrait arriver chez toi d'une minute à l'autre. Alors, je compte sur toi pour te montrer coopérative.

— Papa, je...

— Désolé, ma chérie, je dois y aller, je t'embrasse.

La tonalité, résonnant dans l'appareil, la dissuada d'argumenter davantage. Abraham Danforth avait, comme à son habitude, raccroché le premier.

— Ravie d'avoir pu bavarder avec toi, papa, marmonna-t-elle dans le vide, regrettant, une fois encore, de ne pouvoir — une seule fois dans sa vie — avoir le dernier mot avec son père.

La sonnette de la porte d'entrée retentit quelques minutes plus tard.

Kimberly ouvrit la porte et vit un homme très grand — sans doute plus d'un mètre quatre-vingt-dix —, large d'épaules, aux hanches étroites et aux jambes immenses. Ses cheveux châtains coupés court paraissaient très épais. Ses yeux avaient une teinte bleu-vert et les petites stries rouges qui entouraient ses iris indiquaient, sans erreur possible, qu'il avait fort peu dormi la nuit précédente.

Il portait un jean délavé carrément usé et une veste en cuir marron foncé sous laquelle elle pouvait apercevoir un T-shirt blanc. Et sa mine était franchement rébarbative.

Il n'était pas possible, pensa Kimberly, que ce soit l'homme dont son père venait de lui parler. Un marine ne se présenterait pas avec une barbe de deux jours.

Elle plissa les yeux, essayant d'ignorer la peur qui lui nouait l'estomac, regrettant soudain de n'avoir pas accepté la proposition de son père de faire installer une porte blindée.

Elle rabattit vivement la porte pour la fermer, mais l'inconnu glissa prestement un pied, chaussé d'une chaussure de tennis, entre le battant et le montant de la porte.

— Retirez ce pied, monsieur, sinon je risque de vous le casser.

Elle poussa la porte plus fort.

— Recommençons tout depuis le début, dit l'homme, sans bouger son pied d'un millimètre.

Elle poussa la porte plus fort.

L'homme pinça les lèvres.

— Ça fait mal, vous savez.

— C'est un peu le but, vous savez.

Il eut un soupir excédé.

— Vous êtes bien Kimberly Danforth ?

— Oui, et alors ?

Elle appuya de tout son poids sur la porte, mais l'homme posa la main à plat sur le battant et, sans effort apparent, la maintint en place.

— Eh, lâchez ma porte !

— Je suis Zack Sheridan. C'et votre père qui m'envoie.

Kimberly recula d'un pas et la porte se rabattit alors violemment contre le mur, avec un choc sourd.

— Aïe ! s'exclama l'homme, en portant une main à son oreille avec une grimace de douleur. Vous ne pourriez pas faire moins de bruit ?

Kimberly l'examina avec attention. De toute évidence, ce type avait dû abuser de l'alcool la veille au soir...

Abraham Danforth n'aurait jamais insisté pour que ce garçon habite chez elle s'il avait pu voir à quoi il ressemblait en ce moment. Elle choisit donc de suivre son instinct.

— Je ne veux pas de vous ici, dit-elle.

Elle releva la tête, et le défia du regard.

— D'ailleurs, et quoi que mon père puisse en penser, je n'ai pas besoin de vous.

— Mademoiselle, je me contente de suivre les ordres.

— Ecoutez, je vous le répète une dernière fois, je n'ai nul besoin de votre aide. Alors, allez-vous-en.

16

— Si seulement je le pouvais, répliqua-t-il en soupirant exagérément.

Il passa devant elle, et entra dans la maison.

— Eh bien, ne vous gênez pas surtout ! remarqua Kimberly, d'un ton sarcastique.

Sans lui accorder la moindre attention, l'homme balaya la pièce du regard.

Les murs peints en bleu ciel, le canapé et les fauteuils recouverts d'un écossais bleu et blanc, et les tapis de couleurs vives qui ornaient le plancher de bois ciré donnaient à la pièce une atmosphère gaie et chaleureuse. La cheminée de briques accentuait encore l'aspect accueillant de la pièce.

— Joli endroit, dit-il.

— Merci. Maintenant, si vous n'y voyez pas d'inconvénient…

— Mademoiselle Danforth, comment vous dire…

Il croisa les bras sur son torse impressionnant, et la toisa de ses yeux fatigués.

— … Que ça vous plaise ou non, reprit-il, nous voilà coincés ensemble pendant un mois. Alors, autant vous faire à l'idée. Ni vous ni moi n'y pouvons rien.

— Oh, mais ça ne me plaît pas du tout !

— Parce que vous croyez que mon idée de vacances consiste à jouer les gardes du corps pour une mordue de poissons ?

— Pardon ?

Kimberly se redressa de tout son mètre soixante-sept, et essaya de le toiser d'un regard glacial.

— Pour votre gouverne, sachez que je suis docteur en biologie marine.

17

— Bon, *docteur* Danforth, reprit Zack avec un sourire suave. Nous avons plutôt intérêt à devenir copains si nous voulons cohabiter pendant trente jours sans que cela devienne un enfer !

Il la regarda avant de se laisser tomber sur le canapé. Puis il soupira et étendit ses longues jambes devant lui, comme un homme qui s'installe confortablement, avec l'intention de rester un long moment.

Exaspérée, Kimberly ne savait plus comment se sortir de cette situation. Elle décida de tenter un coup de bluff.

— Très bien, j'appelle mon père.

Il approuva, avec un sourire affable.

— Parfait, transmettez-lui mon respectueux souvenir. Il sera certainement enchanté d'apprendre que je me suis présenté à l'heure convenue pour assurer ma mission.

L'irritation de Kimberly se mua en fureur.

— Je vais appeler votre responsable hiérarchique pour me plaindre de vos manières.

L'espace d'un bref instant, l'espoir anima le regard du dénommé Zack, puis il hocha la tête d'un air désabusé.

— Inutile de rêver, chérie.

Kimberly se figea.

— Je vous interdis de m'appeler chérie !

Il remit ses lunettes sur son nez, appuya la tête sur le dossier du canapé, et soupira.

— Pas de « chérie », d'accord, c'est enregistré.

— Vous et moi, ça ne va pas du tout marcher, remarqua Kimberly d'un ton acerbe.

Zack abaissa lentement ses lunettes de soleil — qu'il avait remises en entrant dans la maison — sur l'arête de son nez. Puis il la regarda de ses yeux bleu-vert par-dessus la monture, et la gratifia d'un sourire désarmant.

— Croyez-moi, bébé, je fais partie d'un commando de marine, et je peux vous assurer qu'avec moi, si ça doit marcher, alors ça *va* marcher.

2.

Zack observait Kimberly, en train d'arpenter la pièce d'un pas rageur, téléphone en main, débitant un chapelet de doléances au malheureux interlocuteur qui se trouvait à l'autre bout du fil.

Elle était folle furieuse.

Et, bon sang, diablement sexy.

Il sourit pour lui-même, et continua d'observer, derrière ses paupières mi-closes — pour se protéger du soleil qui inondait la pièce —, la jeune femme qu'il était venu protéger. Qui aurait pu penser qu'un docteur en biologie marine puisse être aussi séduisante ?

Son T-shirt bleu ciel, largement décolleté, moulait sa petite poitrine haute et ronde. Elle portait un pantalon en toile kaki, dont la taille basse dénudait un joli croissant de peau dorée, très appétissante.

Ses longs cheveux bruns lisses étaient retenus en une queue-de-cheval, qui se balançait en arc de cercle dans son dos, au rythme de son pas guerrier.

— Je me fiche pas mal qu'il soit en réunion, protesta-t-elle avec véhémence, je veux parler à mon père *maintenant*.

Elle marqua une pause, puis reprit :

— D'accord, je ne quitte pas.

— Vous n'y arriverez pas, marmonna Zack.

Elle lui jeta un rapide coup d'œil.

— A quoi ?

— A vous débarrasser de moi.

Le froncement de ses sourcils s'accentua, et elle plissa ses grands yeux verts pour le fusiller du regard.

Zack faillit éclater de rire.

« Bon sang, se dit-il, plus elle est furieuse, plus elle est jolie. »

— Croyez-moi, ajouta-t-il, j'ai essayé d'échapper à cette mission, moi aussi, mais il n'y a rien eu à faire.

— Vous avez essayé ?

Zack eut un rire sans joie.

— Parce que vous vous figurez vraiment que je considère le fait de jouer les gardes du corps comme une partie de plaisir ?

Kimberly couvrit d'une main le micro du téléphone.

— Alors, pourquoi l'avez-vous acceptée ?

— C'est une très longue histoire…

Il se croisa les mains sous la nuque, mais préféra garder le silence. Inutile de se lancer dans le long énoncé de ses démêlés avec sa hiérarchie. D'abord, cela ne la regardait pas et, ensuite, il préférait ne pas y penser.

— Disons que c'était tout de même moins catastrophique que l'alternative qu'on me proposait.

— Cela devait être quelque chose, cette alternative, alors.

— Ça, vous pouvez me faire confiance…

— Mais c'est justement là le problème : je ne vous fais *pas* confiance.

— Dommage, mais ça ne change rien à l'affaire. Si je refuse cette mission, je risque les pires ennuis. Donc, c'est hors de question.

Kimberly raccrocha brusquement le téléphone et se tourna vers Zack, croisant les bras sur sa poitrine, martelant le sol de son pied nu.

— Très bien, dit-elle d'un ton déterminé, alors, si nous voulons que ça marche, il va falloir mettre au point quelques règles de base.

— Ah oui ?

Zack ne put s'empêcher de sourire. De toute évidence, elle voulait l'intimider avec ses sourcils qu'elle avait froncés exagérément, ses yeux à la lueur déterminée qui le regardaient à travers ses lunettes à monture fine et ses lèvres pincées de désapprobation.

— Allez-y, dit-il d'une voix suave, je suis suspendu à vos lèvres.

Elle leva les yeux au ciel, en réprimant, mais sans y parvenir vraiment, un sourire amusé. Et Zack eut tout à coup l'impression qu'elle venait de lui porter un coup à l'estomac. Bon sang, cette fille avait quelque chose, outre son ravissant petit corps...

— D'accord, alors voici mes suggestions : j'accepte votre protection — donc votre présence — pendant la journée. Mais, la nuit, vous dégagez le plancher.

— Tentant, certes, mais impossible.

— Et pourquoi ?

— Parce que les ordres que j'ai reçus stipulent *expressément* que je reste collé à vous, comme un timbre à une enveloppe, pendant tout le mois à venir. Donc, je vais me conformer aux ordres.

— Tout à fait inutile.

— Si vous étiez mon commandant, je prendrais votre objection en considération, mais là…

— Mais enfin, s'exaspéra-t-elle, vous voyez bien que cette maison est beaucoup trop petite pour deux !

— J'avoue que c'est un peu… intime.

— Je n'ai même pas deux vraies chambres. Il s'agit, en fait, d'une seule pièce qui a été séparée en deux. La seconde chambre, qui me sert de bureau, est donc à peine plus grande qu'un dressing. Et puis… la cloison de séparation entre les deux chambres est purement symbolique. On entend tout d'une pièce à l'autre et…

— Rassurez-vous, je ne ronfle pas. Et puis, je peux très bien dormir sur ce canapé.

— Hors de question.

— Vous n'avez pas droit au vote.

— Comment ça, je n'ai pas droit au vote ? C'est *ma* maison.

— Et moi, je suis votre invité.

Elle fulmina quelques instants sans répondre, avant de venir se planter devant lui, les poings sur les hanches.

— Je n'aime pas *du tout* recevoir d'ordres.

— Moi non plus, dit-il avec un sourire ironique. Ça nous fait au moins un point commun, on devrait bien s'entendre.

— Alors ça, permettez-moi d'en douter.

Zack l'examina attentivement pendant de longues minutes, jusqu'à ce qu'il eut la satisfaction de la voir changer de position, visiblement désarçonnée.

— Docteur Danforth, j'aimerais que vous compreniez, une bonne fois pour toutes, que je n'ai pas plus envie que vous de me trouver ici.

— Alors ?

— Alors cela ne change rien au fait que je m'y trouve. Et que j'y resterai jusqu'à ce que je reçoive l'ordre d'en partir.

Kimberly marchait sur la pointe des pieds dans la maison obscure, heureuse d'avoir, six mois plus tôt, fait traiter les lames de son plancher pour les empêcher de grincer. Cela avait parfaitement réussi, et elle progressait donc dans l'obscurité, sans faire le moindre bruit.

Elle serrait fort ses clés dans sa main, pour qu'elles ne s'entrechoquent pas, et pensait même à respirer tout doucement.

Un sourire malicieux relevait le coin de ses lèvres, et elle se sentait ravie du bon tour qu'elle allait jouer à son garde du corps, en lui faussant ainsi compagnie.

Cela faisait longtemps qu'elle ne s'était pas autant amusée, et elle ne regrettait qu'une chose : ne pas pouvoir rire tout haut. Parce que, franchement, si qui que ce soit avait regardé par la fenêtre, il aurait vraiment trouvé tout à fait grotesque de la voir ainsi circuler, dans le noir et sur la pointe des pieds, comme un cambrioleur alors qu'elle se trouvait dans sa propre maison !

Lorsqu'elle eut dépassé la porte du bureau — accessoirement la chambre provisoire de l'envahisseur — les battements de son cœur revinrent à un rythme plus normal.

Ce n'est qu'une fois dans le salon qu'elle s'aperçut d'une chose stupéfiante : c'était la première fois de toute son existence que, pour employer l'expression en usage chez les adolescents, elle « faisait le mur ».

Au collège puis, plus tard, à l'université, elle avait maintes fois entendu des filles de son âge, raconter comment elles avaient réussi à se glisser hors de chez elles, pour aller retrouver des garçons, avant de revenir, à l'aube, en évitant parents et domestiques.

Mais Kimberly, elle-même, n'avait jamais essayé. Fidèle à sa réputation de jeune fille sage, obéissante, et respectueuse des convenances.

Bref, elle s'en rendait compte seulement maintenant, elle avait été une jeune fille ennuyeuse à périr.

Elle serra les dents, et refoula ses souvenirs, pas toujours heureux, de son enfance et de son adolescence dans un coin de son esprit. Ce n'était pas le moment d'y réfléchir. Et puis après tout, se dit-elle, mieux valait tard que jamais. Elle était en train de faire le mur... même si c'était pour sortir de sa propre maison !

Elle atteignit la porte d'entrée. Tout doucement, elle fit tourner le verrou, sursautant lorsqu'il s'ouvrit avec un clic sonore. Elle retint sa respiration et attendit, immobile. Mais elle n'entendit rien, sauf le bruit de sa respiration et son cœur qui tambourinait dans sa poitrine.

Avec un sourire satisfait, elle referma sa main sur la poignée en cuivre, et la fit tourner très lentement, les sourcils froncés de concentration. Le léger couinement que produisit la porte en pivotant sur ses gonds résonna à ses oreilles comme un bruit horrible, mais, là encore, il n'y eut aucune réaction de la part de son chien de garde.

Plus que quelques pas, et elle serait enfin libre de s'adonner à sa routine nocturne quotidienne, sans risquer de devoir être suivie pas à pas. Sans avoir à s'encombrer de cet homme dont elle n'avait nul besoin dans sa vie.

Elle sortit sur le perron, referma avec précaution la porte d'entrée derrière elle — après tout, il ne fallait pas négliger la sécurité du chien de garde — et, très contente d'elle-même, se retourna… pour se retrouver le nez collé contre un large torse musclé.

Elle poussa un hurlement suraigu, qui surprit Zack par sa puissance — comment une jeune femme aussi menue pouvait-elle faire un tel raffut ? — mais, avant qu'il n'eût pu s'attarder sur la question, elle lui écrasa le pied avec une rare violence et, dans la seconde suivante, lui décrocha un énorme coup de coude dans l'estomac, qui lui coupa le souffle.

Son instinct de survie se réveilla au moment où il la vit reculer sa main pour prendre de l'élan.

Il lui agrippa le bras au vol.

— Bon sang, mademoiselle Danforth, du calme, c'est moi !

Elle se débattait comme un beau diable, envoyant des coups de pieds dans tous les sens, tout en essayant de s'arracher à l'étau de sa main, jusqu'à ce que, peu à peu, elle cesse de lutter. Et il sut alors qu'elle avait enfin compris ce qu'il venait de lui dire.

Hors d'haleine, elle leva sur lui des yeux encore écarquillés par la peur.

— Vous ? dit-elle d'une voix étranglée.

— Eh oui, c'est moi. Alors on arrête l'hystérie, d'accord ?

— Moi, *hystérique*, ça, c'est trop fort !

Elle inspira à fond puis, avant qu'il n'eût pu l'en empêcher, lui projeta, de toutes ses forces, son poing libre dans l'estomac.

Mais, cette fois-ci, il avait eu le temps de contracter ses muscles, et le coup rebondit sur ses abdominaux, comme un caillou ricoche sur l'eau calme d'un lac.

— Je vous préviens, chérie, grommela-t-il en lui emprisonnant son autre poignet, frappez-moi encore une fois, et je vous rendrai la pareille.

— Ne m'appelez pas chérie !

— Alors, arrêtez de me frapper !

Elle lui donna un violent coup de pied, et il grimaça de douleur.

« Bien fait pour moi, pensa-t-il, je n'aurais jamais dû la provoquer. »

— Je ne vais pas vous frapper, dit-il à regret, mais si vous continuez à être déraisonnable de cette manière, je vais devoir vous attacher sur une chaise ou dans votre lit.

Elle ne répondit pas, mais se tortilla comme une anguille, pour essayer de se libérer.

— Vous m'avez flanqué une frousse de tous les diables ! s'exclama-t-elle, furieuse.

— Désolé, je ne voulais pas vous effrayer. Je voulais juste vous empêcher de sortir.

— Et bien, vous avez fait les deux. J'espère que vous êtes content de vous !

Il lui sourit, assez épaté par son aplomb, et, plus encore, par sa combativité. Effrayée ou pas, elle avait remarquablement réagi, et s'était très bien défendue. Beaucoup mieux qu'il ne l'en aurait cru capable.

D'ailleurs, pensa-t-il en regardant sa poitrine se soulever rapidement, au rythme de sa respiration, peut-être qu'il y avait d'autres choses qu'elle faisait bien mieux qu'il ne l'en aurait cru capable…

— Vous vous défendez plutôt bien, lui dit-il.

— Oh, vous n'êtes pas drôle, mais alors, vraiment pas du tout.

— Ce n'était pas dans mes intentions.

Il libéra l'un des poignets de Kimberly, et se frotta l'estomac du plat de la main.

— Il n'y a vraiment pas de quoi rire, ajouta-t-il.

— Je vous ai fait mal ? demanda-t-elle, ahurie.

Voyons, pensa-t-il, elle n'allait tout de même pas croire que le coup de poing d'une petite bonne femme d'à peine un mètre soixante-cinq avait vraiment pu lui faire mal ?

Par ailleurs, elle avait l'air si pleine d'espoir que ce soit le cas…

— Oui, assez, s'entendit-il répondre.

— Tant mieux !

Elle dégagea son autre main d'un geste brusque, et se frotta les poignets, suffisamment longtemps pour que Zack s'inquiète de lui avoir fait mal.

— Ça va ? lui demanda-t-il.

— Très bien, merci. Maintenant, ce que j'aimerais savoir, c'est ce que vous faites dehors, à cette heure-ci…

— Je vous attendais.

— Que voulez-vous dire ? Impossible, je n'ai pas fait le moindre bruit ! Vous n'avez pas pu m'entendre.

— Si, je vous ai entendue.

Depuis le moment où Kimberly avait commencé à bouger dans sa chambre, tous les sens de Zack s'étaient mis en alerte. De toute façon, la jeune femme n'était pas très douée, côté discrétion, pensa-t-il. A sa décharge, s'il avait été un type normal, qui n'aurait pas été sur le qui-vive, en train de guetter le moindre bruit, annonciateur d'une menace qui pouvait venir à tout moment et n'importe où, peut-être aurait-elle la chance de passer inaperçue. Mais, pour Zack, passer de l'état de sommeil à celui d'alerte ne représentait rien d'exceptionnel. Il avait été entraîné à dormir en gardant ses oreilles attentives. Et cette faculté lui avait, à plusieurs reprises, sauvé la vie dans son existence de marine, rodé aux missions difficiles.

Ce soir, une fois habitué aux bruits nocturnes de la maison de Kimberly, et à sa présence de l'autre côté de la cloison, les bruissements venant de sa chambre lui avaient signifié clairement qu'elle s'apprêtait à sortir.

Curieux, il n'aurait jamais imaginé cette fille susceptible de tenter une évasion au beau milieu de la nuit. Ce qui prouvait, tout simplement, qu'il était encore possible de le surprendre.

En fait, il commençait à se rendre compte que le baby-sitting de Melle Kimberly Danforth n'allait sans doute pas être aussi paisible qu'il l'avait supposé de prime abord !

Il hésita à lui expliquer qu'il s'était glissé dehors par la fenêtre de sa chambre, avait contourné la maison et avait patiemment attendu, devant la porte, qu'elle se décide à sortir. Il choisit de n'en rien faire. D'abord, parce qu'elle en avait la preuve devant elle. Ensuite, parce qu'il valait mieux ne pas lui dire ce qu'il ne fallait *pas* faire, s'il ne voulait pas qu'elle l'utilise, plus tard, contre lui.

Kimberly passa devant lui, et descendit les marches du perron, sans lui accorder un regard.

30

— Vous devez vraiment avoir l'ouïe très fine, marmonna-t-elle.

— Extrêmement fine, en effet.

Il la suivit, en restant juste quelques pas derrière elle. Assez loin pour ne pas la gêner, mais assez près pour avoir une excellente vue sur son ravissant postérieur. Elle portait un jean et une veste noire. Avec un col roulé, noir lui aussi. Elle avait attaché ses cheveux en un chignon serré sur le bas de la nuque.

La vision nocturne de Zack était assez bonne pour remarquer qu'elle faisait hommage à son jean moulant. Et son imagination assez bonne aussi pour imaginer tout ce qui était caché par la veste.

— Y a-t-il une raison particulière pour que vous vous soyez déguisée en cambrioleur ? demanda-t-il d'un air détaché.

— Vous venez de découvrir ma vie secrète, dit-elle d'un ton sarcastique : docteur en biologie marine le jour et monte-en-l'air la nuit.

— Que voilà une combinaison intéressante…, murmura-t-il avec un sourire malicieux.

Elle s'arrêta et se retourna pour le fusiller du regard.

— J'ai dit monte-en-l'air, et pas autre chose. C'est un terme — certes un peu désuet — qui signifie cambrioleur. Vous le savez certainement aussi bien que moi. Alors, je vous en prie, pas de sous-entendu grivois.

Zack ne put s'empêcher d'émettre un gloussement. Kimberly le fusilla une nouvelle fois du regard avant de continuer :

— Bref, pour le moment, et puisque vous avez prouvé que vous saviez jouer les chiens de garde, rentrez vous coucher et laissez-moi tranquille.

— Il n'en est pas question.

Il allongea sa foulée pour se trouver à son niveau et régla son pas sur le sien.

— Où que vous alliez, je vous suis.

— Mais je n'ai pas besoin de vous !

— Ça m'est égal.

Elle s'arrêta sous un lampadaire, et Zack se rendit compte qu'il commençait à prendre goût à ces éclairs de feu que jetaient ses beaux yeux verts chaque fois qu'il disait quelque chose qu'elle n'appréciait pas.

— Vous n'avez pas l'air de bien me comprendre, dit-elle — adoptant le ton sévère d'une institutrice en train de gronder un de ses élèves récalcitrants —, je ne *veux* pas de vous.

Zack la dévisagea un moment sans répondre. Son teint pâle brillait comme de la porcelaine sous l'éclairage des lampadaires, et il pensa, une fois encore, qu'elle était beaucoup plus jolie qu'il n'aurait jamais imaginé que pouvait l'être une scientifique de haut niveau. Il s'était attendu à voir une femme à l'allure et aux vêtements austères. Comme quoi, les préjugés sont stupides !

Et il ne s'était pas attendu non plus à ce qu'elle soit aussi têtue. Sans parler de sa langue acérée et de son tempérament... très vif. Ajouté à cela de longues jambes fines, un petit derrière ravissant, et deux seins hauts et ronds, et ça donnait un très joli petit ensemble.

— Désolé, docteur Danforth, dit-il d'une voix douce, mais vous n'avez pas voix au chapitre.

— Mais...

— Maintenant, coupa-t-il, en lui posant un bras autour des épaules, nous pouvons rester plantés là à nous disputer ou bien nous pouvons reprendre notre marche, et continuer à nous disputer tout en marchant. Que préférez-vous ?

Elle repoussa son bras de son épaule.

— Je peux fort bien marcher et parler en même temps. Et vous ? Vous croyez que vous y arriverez ?

— Bon sang, chérie, répondit-il avec un rire grave, non seulement je crois en être capable, mais en plus vous commencez à me plaire *beaucoup*.

3.

Kimberly se raidit pour lutter contre la brusque onde de chaleur qui venait de lui envahir tout le corps. Elle repoussa le bras de Zack presque instantanément et, malgré l'air froid de la nuit, sa peau lui sembla encore brûlante, là où leurs épidermes avaient été en contact.

Elle n'arrivait même pas à se rappeler la dernière fois où un homme avait produit un tel effet sur elle. En fait, elle était pratiquement sûre que cela ne s'était jamais produit.

Ce n'était sans doute pas bon signe.

Zack marchait à côté d'elle, réglant son pas sur le sien. Elle sentait qu'il la surveillait du coin de l'œil, et, pour cette raison, elle s'obligea à regarder droit devant elle. Elle ne voulait surtout pas qu'il se rende compte à quel point il lui faisait de l'effet.

— Alors, où allons-nous ? demanda-t-il.

— Moi, je vais marcher au bord de la rivière. Vous, je n'en ai pas la moindre idée.

— Où que vous alliez, ma douce, vous n'avez qu'à me considérer comme votre ombre.

Elle lui jeta un coup d'œil, puis détourna le regard de nouveau.

— Les ombres sont censées être silencieuses.

Elle le vit, du coin de l'œil, hausser les épaules avec désinvolture.

— Oh, je peux l'être, mais à quoi bon ? On est coincés ensemble pour un bout de temps, mon chou, alors, autant avoir des relations amicales.

— Cessez de m'affubler de diminutifs plus ridicules les uns que les autres, si vous avez la prétention d'entretenir avec moi des relations *amicales*…

De toute façon, songea-t-elle, Zack ne pouvait pas être son ami. D'une part, parce qu'elle n'avait pas beaucoup d'amis et, d'autre part, parce que ceux qu'elle avait ne ressemblaient, en rien, à un garde du corps d'un mètre quatre-vingt-dix, somptueusement bâti, qui lui embrasait tout le corps au moindre contact.

D'ailleurs, à y bien réfléchir, elle n'avait pas d'amis masculins. En fait, autant l'avouer, elle n'avait jamais été le genre de femme auquel les hommes prêtaient attention.

Cet état de choses pouvait peut-être s'expliquer par le fait qu'elle avait grandi entourée de quatre grands frères très protecteurs. Et elle imaginait aisément qu'il y avait dû avoir bien peu de volontaires pour oser se lancer à l'assaut de l'héritière Danforth !

Adolescente, bien sûr, elle avait espéré trouver un petit ami. Puis, finalement, elle s'était rabattue sur les nominations au tableau d'honneur. Elle avait été une élève studieuse qui collectionnait les bonnes notes au lycée ; puis une étudiante qui passait ses soirées à la bibliothèque de la fac, au lieu d'aller écumer les bars avec les autres. Et cela avait continué jusqu'à aujourd'hui : pas de vie personnelle, juste le travail. Dieu merci, ses recherches la passionnaient. Mais cela ne changeait rien au vide de sa vie personnelle.

Kimberly s'estimait, malgré tout, très privilégiée par rapport à certaines femmes de sa connaissance qui en étaient à leur troisième ou quatrième mari, et partageaient leur temps entre les batailles au tribunal et les cours de gymnastique, pour maintenir une silhouette grâce à laquelle elles espéraient gagner encore un énième passage devant monsieur le maire.

Elle ne leur enviait pas les frais d'avocats, les rancœurs et les divorces pleins d'amertume. Elle se reconnaissait comme une incurable romantique et croyait qu'un mariage était fait pour durer toujours. Ce qui expliquait peut-être le fait qu'elle soit encore célibataire, se disait-elle, se faisant une raison.

— Ecoutez, dit-elle enfin, j'ai des choses à faire. Je n'ai besoin ni d'une escorte ni d'une protection. Je ne souhaite pas votre compagnie et je ne suis pas votre amie. Alors, pourquoi ne rentrez-vous pas m'attendre à la maison ?

— Et ça marche, en général ?

— Quoi ?

— Ce ton calme et docte, du style « madame le professeur s'adressant à ses élèves ».

Les lèvres de Zack se relevèrent en un sourire ironique.

— Ça plaît aux types avec qui vous sortez ?

— Je ne…

— Vous ne savez pas ?

— Je ne sors pas avec des types, comme vous dites.

— Ah non ? Jamais ?

Kimberly s'arrêta brusquement, mit ses mains sur les hanches, et leva les yeux vers Zack.

— Cela ne vous regarde pas.

Zack leva les mains en signe d'apaisement.

— Ne vous fâchez pas. Simple curiosité, tout au plus.

— Non, ingérence caractérisée dans les affaires d'autrui.

— Ah, tout de suite les grands mots…

— Vous avez besoin d'un dictionnaire ?

Il éclata de rire, et Kimberly le dévisagea, interdite : en général, ses sarcasmes vexaient les gens. Ou, mieux encore, les effrayaient.

Apparemment, Zack Sheridan était différent. Mais ça, elle s'en était rendu compte dès le départ.

— Ah, on peut dire que vous avez un sacré sens de la répartie.

— J'ai tendance à dire exactement ce que je pense.

— Oui, et avec quelle bouche…

— Pardon ?

Il tendit la main et lui effleura la lèvre inférieure du bout du pouce.

— Large sourire, dents magnifiques, lèvres pulpeuses…

Elle rejeta vivement la tête en arrière. Trop tard pour empêcher la décharge électrique qui lui parcourut le corps. Et elle se rendit compte, horrifiée, qu'elle ne rêvait que d'une chose : que Zack continue cette caresse délicieuse.

« Allons ma fille, qu'est-ce qui te prend ? Tu es tombée sur la tête, ou quoi ? » se réprimanda-t-elle aussitôt.

Voilà, pensa-t-elle, où conduisait une vie monacale. Elle ferait bien mieux de sortir plus souvent. De s'inscrire à un club de bowling ou de prendre des leçons de danse de société. Bref, n'importe quoi, pour éviter de se mettre dans des états pareils pour un homme qui, sans aucun doute, devait collectionner les femmes, comme d'autres les porte-clés.

Cette image lui remit les idées en place.

— Il faut vraiment que j'y aille, dit-elle.

Et elle se remit en marche d'un pas décidé.

Le vent qui se levait de la rivière la fit frissonner, effaçant la tiédeur de la caresse de Zack sur ses lèvres.

C'était bien mieux comme ça, pensa-t-elle.

Les maisons devant lesquelles ils passaient étaient plongées dans l'obscurité, à l'exception, parfois, du halo de lumière d'une lampe, qu'on apercevait derrière des rideaux tirés.

D'habitude, lors de ses promenades nocturnes, elle se laissait aller à rêver sur ce qui pouvait se passer derrière ces rideaux tirés. Quel genre de gens vivaient dans ces jolies demeures restaurées ? Etaient-ils en train de rire ? De pleurer ? De faire l'amour ? Ou bien d'organiser leurs prochaines vacances ?

Elle se répétait que cela lui était égal de toujours se trouver en marge. Mais, de temps en temps, lorsqu'elle entendait le cri d'un bébé ou le rire d'un enfant, elle regrettait qu'il n'y eût personne pour l'attendre à la maison.

Quelqu'un à qui parler, vers qui se tourner dans la nuit. Quelqu'un pour qui se faire du souci. Quelqu'un à aimer…

— Vous faites ça souvent ? demanda Zack.

— Mmm ?

— Vous balader toute seule dans la nature, au beau milieu de la nuit.

Elle lui jeta un coup d'œil en coin.

— Je suis une grande fille, vous savez.

— J'ai vu, oui — il balaya du regard la rue déserte devant eux —, et je pense que n'importe quel type en mal d'aventure le remarquerait comme moi.

— Oh, zut, et moi qui ai oublié ma canne !

— Votre canne ?

— Oui, celle que j'utilise pour repousser tous les hommes qui se jettent sur moi.

— Très drôle. Trêve de plaisanteries, trésor, je persiste à croire qu'une fille qui se promène toute seule la nuit ne cherche que des ennuis.

— Je vous demande pardon ?

Elle s'arrêta, se tourna vers lui, et rejeta la tête en arrière pour le défier du regard, furieuse de constater que, sous la lumière du lampadaire, elle le trouvait encore plus beau, et dangereusement sexy.

— Alors, d'après vous, si je me faisais attaquer, ce serait de ma faute ?

— De votre faute, non, pas exactement. Mais reconnaissez que vous représentez une sacrée opportunité.

— Peut-être. En tout cas, je peux fort bien me défendre.

— Ça, je m'en suis aperçu, dit-il en se frottant l'estomac du plat de la main.

— Oh, je vous en prie, je ne vous ai même pas fait mal.

— Exact. En revanche, vous m'avez surpris.

— J'ai été élevée avec quatre grands frères. Ça permet d'apprendre une ou deux bricoles.

— Ce sont eux qui vous ont appris votre enchaînement de coups ?

— Entre autres endroits, oui.

Et elle laissa son regard glisser brièvement vers son entrejambe.

Il suivit son regard, et sourit.

— Là, en revanche, ça ferait *très* mal.

— C'est étudié pour, non ?

Il approuva d'un hochement de tête.

— Vos frères ont bien fait de vous apprendre à vous défendre de façon aussi efficace.

Kimberly avait aussi suivi des cours de self-defence. Après tout, elle n'était pas stupide. Elle savait à quel point il était essentiel pour une femme d'être capable de se défendre. Surtout une femme qui vivait seule.

— Alors vous voyez, comme je vous l'ai déjà dit, je n'ai nul besoin d'un garde du corps.

— Je serais pourtant prêt à parier qu'un homme comme moi connaît quelques « bricoles » de plus que vous, en matière de self-defence.

Sans doute, pensa-t-elle, mais un commandant d'un commando pouvait-il lui dire comment se défendre contre lui-même ? C'était *ça*, la vraie question. Et elle ne pouvait évidemment pas la lui poser.

Elle leva les deux mains devant elle en signe de reddition.

— O.K., allons-y.

— On fait des progrès, dit-il, tout en réglant son pas sur celui de Kimberly. Au moins, vous admettez que vous n'allez pas vous débarrasser de moi.

— Pour le moment...

Ce qui ne l'empêchait pas, pensa-t-elle pour elle-même, de garder espoir. Demain matin, elle appellerait son père, et essaierait de discuter de son problème avec lui, de façon calme et rationnelle. Et, si ça ne marchait pas, et bien, elle appellerait oncle Harold, pour pleurnicher. Et si ça ne marchait pas non plus…

Eh bien, elle finirait par trouver autre chose.

Elle marchait le long de la rivière, la lune éclairait de reflets nacrés, ses cheveux bruns et son teint pâle. Elle ne lui prêtait aucune attention et cela ne le dérangeait pas outre mesure. Il n'avait nul besoin de la connaître mieux. Pour lui, elle représentait juste une mission et, dans trente jours, il passerait à autre chose.

Mais il ne pouvait s'empêcher de la détailler. Après tout, il avait été formé à observer, n'est-ce pas ?

Ses mains étaient petites, fines et délicates. Ses jambes longues et minces, du moins ce qu'il pouvait en juger sous le jean. Ses tennis étaient éculés, alors que sa veste était neuve, mais avec deux boutons manquants.

Curieuse fille, pensa-t-il. Une femme née avec plus d'argent qu'il n'en verrait dans toute sa vie, mais qui passait ses nuits à se balader, seule, au bord d'une rivière.

Pourquoi n'était-elle pas en train de dîner aux chandelles, dans un restaurant huppé, avec un type décoratif, beau parleur, au compte en banque plus important que son Q.I. ? Pourquoi ne se trouvait-elle pas à une soirée, en long fourreau de soie noire, le cou paré d'une rivière de diamants ?

Et pourquoi se posait-il ce genre de questions ? Alors que tout cela devrait lui être parfaitement égal…

Il enfonça les mains dans les poches de son jean et ralentit le pas, pour rester un peu en arrière. Un vent froid et humide montait de la rivière, et avait libéré quelques mèches de cheveux du chignon de Kimberly, qui se mirent à lui voler autour du visage. Elle regardait la rivière, comme si elle avait regardé bien au-delà.

Lorsqu'elle inspira profondément et expira ensuite de la même manière, il perçut son désarroi.

Bon sang, il compatissait. Lui non plus n'aimait pas avoir quelqu'un accroché à ses basques, pendant son temps libre — quand il en avait. Mais, parfois, il fallait savoir composer avec ce que la vie vous imposait.

Son œil de lynx balaya les alentours, pour la énième fois de cette dernière demi-heure. Il était un homme habitué aux ennuis et il aimait se trouver prêt quand ils lui tombaient dessus.

Mais ce quartier de Savannah était tranquille, et pratiquement désert. Ils croisèrent un ou deux couples, main dans la main, en train de se promener au bord de l'eau, s'arrêtant de temps en temps pour s'embrasser.

Des balustrades en fer forgé longeaient la promenade du bord de l'eau, avec des buissons et des plantes encore en hibernation. Dans deux mois, les fleurs allaient éclore.

Le clair de lune se reflétait sur la surface de la rivière, et le bruit de l'eau qui courait résonnait comme un doux murmure.

Kimberly s'arrêta au bord de l'eau, regardant d'abord en amont, puis en aval de la rivière.

— Vous cherchez quelque chose ?

— Non.

— Alors, pourquoi venez-vous ici ?

Elle se tourna vers lui, calme et lointaine, et, d'une certaine façon, incroyablement séduisante.

— J'aime l'eau.

— Moi aussi, dit-il, observant un instant la surface de l'eau. Donnez-moi un océan, et je suis un homme heureux.

— Assez logique, de la part d'un marine.

— Assez logique, aussi, de la part d'un docteur en biologie marine, dit-il en se tournant vers elle. En revanche, expliquez-moi un peu ce que fabrique un docteur en biologie marine au bord d'une *rivière*, en plein milieu de la nuit.

Elle regarda l'eau, et Zack, une fois encore, eut l'impression qu'elle regardait bien au-delà. Comme si, mentalement du moins, elle se projetait très loin de Savannah.

— L'océan est à près de vingt-cinq kilomètres, et je n'aime pas conduire la nuit.

— Alors que, de toute évidence, marcher des kilomètres ne vous rebute pas.

Elle sourit. Un sourire léger, fugitif, mais qui, une nouvelle fois, fit à Zack l'effet d'un coup de poing dans l'estomac.

Curieux, pensa-t-il, il ne se serait jamais attendu à ce qu'une fille de ce style lui fasse un tel effet.

— Marcher, c'est différent, reprit-elle, avec un haussement d'épaules. Cela me détend. Alors que conduire ma voiture me stresse.

— Et vous faites souvent cette balade ?

— Chaque soir.

— Une routine, en somme ?

— Heu, oui, je suppose. Pourquoi ?

Il haussa les épaules, avec une apparente désinvolture. Mais ce qu'elle venait de lui dire l'avait mis en alerte.

— Les routines peuvent être dangereuses. Il suffirait à n'importe qui de vous observer pendant quelques jours pour savoir où vous trouver, seule, et en pleine nuit.

Elle haussa les épaules, et enfonça les mains dans les poches de sa veste.

— Personne ne m'observe.

— Vous ne pouvez pas en être certaine.

— Je le saurais.

— Vous êtes médium, en plus d'être un toubib pour poissons ?

— Je ne suis pas un toubib pour poissons.

— Mais vous êtes médium ?

— Non plus. Et vous, vous êtes toujours aussi agaçant ?

— Oui. J'en reviens donc à ce que je disais : vous ne savez pas si quelqu'un vous observe.

Il crut qu'elle allait argumenter, mais elle se contenta de pousser un soupir résigné.

— Je suppose que non.

Il l'admirait pour son indépendance et sa volonté de se battre pour défendre son espace vital. Mais il l'admirait plus encore d'être capable de reconnaître qu'elle avait tort. Parce qu'il savait, par expérience, que fort peu de gens en étaient capables.

— Vous voyez, ça n'a pas été trop dur.

— Quoi ?

Elle avait levé son visage vers lui, et il remarqua que, même dans la semi-obscurité, ses yeux étaient d'un vert clair étonnant.

— D'admettre que vous aviez tort.

— Je n'ai pas admis que j'avais tort, corrigea-t-elle d'un ton sec, j'ai juste dit que je ne savais pas si quelqu'un me surveillait. Mais je suppose que non. Et puis, après tout, vous êtes là. Ecoutez, mon père est inquiet, et c'est la raison pour laquelle j'accepte que vous restiez. Mais, selon moi, il n'y a aucun danger.

— Pas tant que je suis là, en effet.

Elle fronça les sourcils.

— J'aime gérer *moi-même* ma propre vie.

— Moi aussi, admit-il.

Il tendit la main, pour lui relever le col de sa veste autour du cou. Ses doigts lui effleurèrent la gorge et elle frissonna. Zack lâcha le col et enfouit les mains dans les poches de sa propre veste.

— Alors, nous avons quelque chose en commun.

— Peut-être...

— Je me contenterai de ce « peut-être » pour le moment.

Il recula d'un pas, sans savoir bien pourquoi. Sans doute parce qu'il se rendait compte qu'il était plus raisonnable de mettre en eux un peu de distance.

Et il allait sans doute falloir, au cours du mois à venir, maintenir avec Mlle Danforth une distance beaucoup plus grande que ce qu'il avait tout d'abord envisagé.

4.

Leur première altercation éclata dès le petit déjeuner le lendemain matin.

Le soleil matinal entrait par la fenêtre de la cuisine, éclairant le comptoir en granit bleu et le réfrigérateur en acier. Trois petits pots d'argile, alignés devant la fenêtre, abritaient des herbes aromatiques. On entendait, dehors, les oiseaux chanter, des enfants rire et, un peu plus loin, le bruit d'une tondeuse à gazon.

— Je ne vois pas de bacon, dit Zack, debout devant le réfrigérateur grand ouvert.

— Il n'y en a pas.

Kimberly fit couler une cuillerée de miel dans sa tisane, la remua, et but une gorgée du breuvage chaud.

— Et des œufs ? demanda Zack.

— Pas d'œufs non plus. Si vous avez faim, vous trouverez du fromage blanc à zéro pour cent de matière grasse sur la clayette du milieu et des biscottes complètes dans le placard au-dessus de votre tête.

Zack referma le réfrigérateur avec un gros soupir.

— Et c'est avec *ça* que vous vous nourrissez ?

— Ça vous dérange ? J'aime manger de manière saine.

— Sans doute, oui. Brouter de l'herbe aussi, c'est sain.

Elle lui sourit d'un air suave, pensant secrètement que, peut-être, s'il n'était pas satisfait de l'hôtellerie, il finirait par s'en aller.

— Vous êtes plutôt grincheux, le matin, hein ?

Il leva les bras et se passa les mains dans les cheveux, et Kimberly se surprit à regarder saillir les muscles de son torse athlétique sous le coton de son T-shirt blanc. Elle sentit son visage s'empourprer et, afin de cacher son trouble, inclina la tête pour boire une autre gorgée de sa tisane.

Zack laissa retomber ses bras, et regarda autour de lui, d'un air presque dégoûté.

— Et où se trouve la cafetière ? demanda-t-il enfin.

— Je n'en ai pas. Je ne bois jamais de café.

Il écarquilla des yeux horrifiés.

— Vous plaisantez ?

— Non, et je n'ai pas de thé non plus. Je ne bois que de la tisane.

— Bon sang, marmonna-t-il, en traversant la minuscule pièce pour venir s'asseoir en face d'elle à la petite table ronde, comment arrivez-vous à vous lever le matin sans caféine ?

— Très simple : je me réveille, je me lève, je m'habille et je vais travailler. C'est très mauvais pour l'organisme, de se shooter à la caféine.

— Je suppose que vous ne buvez pas de bière non plus.

— Au petit déjeuner ? demanda-t-elle avec un sourire ironique.

Il hocha la tête d'un air désabusé, et se recula dans sa chaise, les bras croisés sur son large torse.

— Vous êtes dure avec moi.

Gênée par l'intensité de son regard sur elle, Kimberly reprit une gorgée de sa tisane.

Elle se demandait comment diable elle allait pouvoir tenir le coup pendant le mois à venir. La maison était trop petite, trop confinée. D'ailleurs, depuis que Zack avait investi les lieux, sa superficie paraissait avoir diminué d'au moins de moitié. Non seulement, son garde du corps occupait beaucoup d'espace — étant donné son gabarit — mais sa présence était perceptible même lorsqu'il ne se trouvait pas dans la même pièce qu'elle.

Par exemple, quand il avait pris sa douche ce matin. Ce bruit avait fait apparaître dans sa tête l'image du superbe corps, nu, de Zack, ruisselant sous l'eau chaude, et auréolé d'un nuage de vapeur et n'avait pas aidé Kimberly à se détendre.

Elle avait beau s'exhorter au calme, et se répéter qu'elle se conduisait en gamine, cela ne changeait rien au problème.

Grotesque, vraiment, se répéta-t-elle pour elle-même. D'ailleurs, il n'était même pas son type.

Mais en fait, elle n'avait pas de « type ». D'ailleurs, en général, les hommes, quel que soit leur type, passaient à côté d'elle sans même la regarder.

Ou alors, s'ils s'arrêtaient, c'était parce qu'ils avaient découvert qu'elle s'appelait Danforth. Et alors, lorsqu'ils la regardaient, ça n'était pas Kimberly qu'ils voyaient, mais un compte en banque.

Elle remua la tête pour chasser ses idées moroses. Elle but une nouvelle gorgée de sa tisane, observant par-dessus le rebord de sa tasse l'homme assis en face d'elle.

Il avait l'air d'un lion en cage. Il émanait de lui une énergie si puissante qu'elle était presque palpable.

— Ecoutez, dit-il, je suis prêt à supporter un tas de choses. Mais il va me falloir du café pour tenir le coup.

— Il y a un café Danforth & Danforth au coin de la rue.

— Dieu soit loué ! Mais dites-moi, ajouta-t-il avec un froncement de sourcil, c'est votre famille qui possède cette chaîne de cafés ?

Et nous voilà repartis, pensa Kimberly, avec un petit pincement de déception. Encore un qui allait spéculer, calculer dans sa tête combien elle pouvait bien valoir, et se demander si ça valait vraiment le coup d'essayer de la séduire.

— Franchement, dit Zack avec un petit rire, posséder une chaîne de cafés et ne jamais boire ce qu'on y vend…

— Je n'ai rien à voir avec les D & D.

— Même pas comme cliente ?

— Non.

— Bizarre. Si ma famille possédait ce genre de truc, ils auraient sans doute un mal de chien à se débarrasser de moi. Je boirais le fonds de commerce à longueur de journée.

Il se leva, alla prendre dans le vestiaire de l'entrée sa veste en cuir, l'enfila, et frappa la poche arrière de son jean du plat de la main, comme pour vérifier si son portefeuille s'y trouvait bien.

Puis il la salua d'un signe de tête, et se dirigea vers la porte d'entrée.

Kimberly le regarda, stupéfaite. Il allait sortir, comme ça, sans commentaires. Sans faire de remarques caustiques sur sa fortune ?

— C'est tout ? lui demanda-t-elle, intriguée. Vous n'avez rien d'autre à me dire ?

Il s'arrêta, la main sur la poignée de la porte, et se tourna vers elle.

— Non. Qu'attendiez-vous au juste ?

Elle remonta ses lunettes plus haut sur son nez, histoire de se donner une contenance. Il l'avait surprise. *Vraiment* surprise. Elle n'avait pas vu dans son regard la moindre lueur de spéculation.

— Je ne sais pas... La plupart des gens veulent des précisions... sur l'état de ma fortune.

Il haussa les épaules d'un air très désinvolte.

— Ça ne me regarde en rien.

— Exact. Mais ça n'a jamais empêché les gens de poser des questions.

— L'argent ne présente pas pour moi beaucoup d'intérêt. Sinon, vous pensez bien que je ne me serais pas engagé dans l'armée. Le salaire d'un militaire est plutôt ridicule, vous savez.

Il ouvrit la porte, et un grand rayon de soleil entra dans la pièce.

Kimberly ouvrit la bouche puis la referma. Elle ne savait pas quoi dire. Mieux valait donc se taire.

— Au fait, dit-il, lorsqu'il vit qu'elle le dévisageait sans rien ajouter, vous voulez que je vous rapporte quelque chose ?

*
**

Après avoir ingurgité une bonne dose de caféine, Zack s'attela aux travaux qu'il jugeait de première urgence : l'installation de verrous de sécurité sur toutes les issues, portes et fenêtres, de la maison de Kimberly. Bien sûr, elle essaya de s'y opposer, mais il se contenta de lui rappeler qu'il lui incombait d'assurer sa sécurité, et qu'il entendait donc s'y employer sérieusement.

Dieu savait, avait-il ajouté, qu'il se serait volontiers passé de cette mission, mais, maintenant qu'il était sur le terrain, alors, il allait faire de son mieux.

Les verrous aux fenêtres — avait-il patiemment expliqué à Kimberly — n'arrivaient jamais à arrêter un homme déterminé, mais ils permettaient, au moins, de lui rendre la tâche un peu plus difficile. En revanche, les verrous des portes — celle du devant et celle du derrière — qu'il allait poser pourraient résister à presque n'importe qui.

Mais Zack savait aussi que ces mesures étaient insuffisantes. Lorsqu'il fit le tour par l'extérieur de la petite maison, il remarqua les carreaux des fenêtres qui brillaient dans le soleil de l'après-midi. Ravissants, bien sûr, mais il suffirait d'une pierre pour les briser, et pouvoir ainsi pénétrer à l'intérieur.

Non, décidément, il ne jugeait pas raisonnable de laisser Kimberly dans cette maison. Si son père prenait au sérieux les menaces qu'il avait reçues, et qu'il craignait donc vraiment pour la vie de sa fille, alors, il ferait infiniment mieux de l'installer, à l'abri, dans un endroit sûr.

Mais personne ne lui avait demandé son opinion. Et puis, de toute façon, il serait prêt à parier n'importe quoi que la demoiselle n'accepterait jamais qu'on lui demande de sortir de chez elle. Elle avait une vraie tête de mule.

Et un corps *très* sexy.

Voilà, mon vieux, marmonna-t-il pour lui-même, ce qui se passe lorsqu'on reste trop longtemps en mer, sans voir de femme. On se retrouve à fantasmer sur la demoiselle qu'on est censé protéger.

Oui, cela faisait beaucoup trop longtemps qu'il n'avait pas vu de femme. Rien d'étonnant, donc, à ce que Mlle Danforth lui porte aux sens. Sa première — et unique — nuit de permission, qu'il avait passée avec son ami Danny Akiona, ne s'était pas du tout déroulée comme ils l'avaient initialement prévue : il avait bu, certes — beaucoup même —, il avait dansé aussi. Mais néanmoins il avait fini par aller se coucher. Seul. Sans doute parce que Zack, déprimé à la perspective de sa « mission punition », ne se sentait pas vraiment le cœur à séduire une belle Sudiste.

Bref, cette longue abstinence expliquait sans doute son hyperactivité hormonale... et, par voie de conséquence, son attirance pour la très séduisante Kimberly Danforth.

C'était, en tout cas, la seule explication qu'il voyait au fait qu'il se trouvât si souvent en train d'observer Kimberly à la dérobée. Ou au fait qu'il avait soudain décrété que les lunettes qu'elle portait sur le bout de son petit nez droit étaient très sexy.

Toujours grommelant, il tourna au coin de la maison et s'arrêta, observant le jardin que Kimberly s'était aménagé. Un petit patio de briques sur lequel était déjà installée, malgré le temps encore frais de la saison, une chaise longue en teck, ainsi qu'une petite table ronde, en teck elle aussi, flanquée de deux chaises. L'ensemble formait une sorte de terrasse, bordée d'une petite pelouse, elle-même délimitée, à son autre extrémité, par des buissons à feuillage persistant. On apercevait, déjà, quelques touffes

53

vert pâle, dans les plates-bandes, dont la terre avait été fraîchement bêchée, et Zack se demanda ce qu'elle avait bien pu y planter comme fleurs. Sans doute des variétés toutes raides, qu'elle avait alignées en rangs bien parallèles, pour qu'aucune feuille ne dépasse. Qui allaient éclore, et faner, à une date fixe, parfaitement prévisible.

Cette fille était une maniaque de l'ordre. Bon sang, même son réfrigérateur était impeccablement rangé, selon le type de nourriture.

— Qui êtes-vous ?

Il pivota sur ses talons, et se retrouva face à une vieille dame aux cheveux gris, qui l'épiait depuis l'autre côté de la haie, ses yeux bleus plissés, d'un air soupçonneux.

Zack la salua, d'un signe de tête respectueux.

— Madame.

— Excellente éducation, mon garçon, mais cela ne me dit pas qui vous êtes.

— Zack Sheridan, madame, dit Zack en s'approchant de la haie, et en tendant sa main droite à la vieille dame. Je suis... un ami de Kimberly. J'habite chez elle, pour quelque temps.

Elle lui prit la main, et la serra avec énergie.

— Un ami, hein ?

— Heu... oui, madame.

Il n'allait tout de même pas dire à quelqu'un qu'il n'avait jamais rencontré auparavant qu'il était ici comme garde du corps. Cette charmante vieille dame n'était sans doute qu'une voisine un peu trop curieuse, mais Zack avait appris, depuis belle lurette, qu'on ne pouvait pas accorder sa confiance à quelqu'un sur la seule foi de sa bonne tête.

— Et bien cela ne lui ferait pas de mal d'avoir un ami, si vous voulez mon avis. Oui, mon garçon, dit-elle — en ponctuant sa déclaration d'un vigoureux hochement de tête —, ça fait rudement plaisir de voir que Kimberly a un ami chez elle. Elle est beaucoup trop solitaire, cette petite, et ça n'est pas bon du tout d'être seule. On finit par parler tout seul, et après, vous savez où ça mène ?

— Je...

— Et bien, mon jeune ami, je vais vous le dire : chez les fous. Voilà où ça mène. Dès qu'on commence à parler tout seul, eh bien, les gens pensent que vous êtes un peu dérangé. Oh, quand on est vieux, ça passe, les gens s'y attendent. Ils vous traitent d'original, et puis voilà tout.

— Oui, madame, approuva Zack avec un sourire.

— Mais les jeunes, il faut qu'ils sortent, qu'ils voient des gens. Qu'ils aillent danser. Je passe mon temps à rappeler à Kimberly qu'elle devrait se trouver un beau garçon, bien gentil, qui s'occupe un peu d'elle. On dirait qu'elle a fini par m'écouter. Enfin.

Elle s'arrêta un instant pour détailler Zack des pieds à la tête.

— Je compte sur vous pour l'emmener danser, n'est-ce pas, jeune homme ?

— Bien sûr, madame.

— Parfait. Maintenant, il faut que je m'attaque à mes jonquilles. C'est bientôt le printemps, vous savez. Il ne faut pas attendre la dernière minute.

Quand la vieille dame fut partie, après une poignée de main aussi énergique que la première, Zack s'autorisa enfin à rire, puis reprit son tour de la maison, en direction de la porte d'entrée. Il n'avait pas fait deux pas qu'il repensa à ce que la voisine venait de lui dire. Ainsi, à l'entendre,

Kimberly était trop solitaire. Elle sortait peu, et ne voyait presque jamais personne.

Pourquoi ?

Il s'arrêta devant la porte arrière et regarda, par le panneau vitré, la jeune femme penchée à son bureau, le nez dans ses papiers. Elle n'avait pratiquement pas bougé de la journée, faisant de son mieux pour l'ignorer. A part, bien sûr, quand elle levait la tête, en fronçant les sourcils, lorsqu'elle jugeait qu'il faisait trop de bruit.

Oui, elle était plongée dans son travail. Coupée du monde. Et Zack se demanda ce qui pouvait bien expliquer qu'une jeune femme aussi séduisante que Kimberly Danforth préfère les poissons aux humains.

Le téléphone sonna une heure plus tard dans la maison et Kimberly décrocha en poussant un soupir.

— Mmmm ? marmonna-t-elle d'une voix distraite.

— Salut, petite sœur.

— Reid !

La voix de son grand frère, chaude, grave, et avec cette lenteur caractéristique des gens du Sud, lui regonfla instantanément le moral.

Elle laissa tomber son stylo, se recula dans son fauteuil, et se rendit compte, tout à coup, que la journée était presque finie, et qu'elle l'avait passée, une fois encore, plongée dans ses recherches. Son dos était tout endolori, et ses yeux la brûlaient. Elle retira ses lunettes et se frotta les paupières du bout des doigts.

En fait, ce n'était pas seulement son travail qui l'avait fatiguée, non. La présence de Zack dans la maison la rendait nerveuse. Même lorsqu'il essayait de se faire le plus discret possible, elle savait qu'il était là. Elle sentait sa présence et éprouvait de terribles difficultés à se concentrer. Cela lui avait d'ailleurs pris deux fois plus de temps que d'habitude pour boucler la charge de travail qu'elle s'était fixée pour la journée.

— Comment vas-tu, Kim ? demanda Reid, à l'autre bout du fil.

Le second des fils d'Abraham Danforth était aussi calme et sérieux que Kimberly. Encore que, pensa celle-ci, sa rencontre avec Tina — avec laquelle il allait d'ailleurs se fiancer très prochainement — l'ait rendu plus détendu, et plus extraverti.

— Je vais bien, merci. Et comment va le futur fiancé ?

— Bien.

La brièveté de la réponse et la neutralité du ton firent tout de suite comprendre à Kimberly qu'il y avait un problème. Ces derniers temps, Reid était devenu beaucoup plus disert, toujours prêt à raconter à sa sœur combien il était heureux avec Tina.

— Que se passe-t-il, Reid ?

— J'ai pensé qu'il valait mieux que tu saches…, répondit-il, en mesurant chaque mot. Papa a reçu un autre e-mail de menaces.

L'estomac de Kimberly se noua.

— Semblable au précédent ?

— Assez similaire, oui.

La main de Kimberly se crispa sur le téléphone.

Elle n'entendit pas Zack entrer dans la pièce, mais elle sentit tout à coup sa chaleur dans son dos. Elle tourna la tête et leva les yeux vers lui. Il la regardait d'un air interrogateur, mais elle secoua la tête. Elle ne pouvait encore rien lui dire. Pas tant qu'elle n'avait pas entendu le reste de ce que Reid avait à lui annoncer.

— Que dit ce message-ci ? demanda-t-elle à son frère.

Reid poussa un soupir.

— Trois mots seulement : « Vous allez souffrir. » Signé, comme la dernière fois : Lady Savannah.

Kimberly sentit un frisson de peur lui descendre le long de la colonne vertébrale. Le premier e-mail de menaces que son père avait reçu était concis et disait : « Je vous observe. » Il aurait pu venir d'un déséquilibré quelconque. D'après ce que Kimberly en savait, les recherches de la police n'avaient pas encore abouti. Mais ce second message rendait la menace plus précise, et plus déterminée.

Zack vint s'asseoir auprès d'elle, et elle se sentit soudain soulagée par sa présence. Si elle s'était trouvée seule, ce soir, elle se serait sans doute laissé gagner par la peur. Par l'angoisse de la solitude face au danger.

— Comment est-ce que papa a pris la chose ? demanda-t-elle.

Reid eut un rire sans joie.

— Comme tu peux l'imaginer : il est frustré. Et furieux.

— Effrayé, aussi ?

— Pas pour lui, non. En fait, ajouta-t-il d'une voix sourde, c'est surtout pour toi qu'il s'inquiète.

— Mais c'est inutile, voyons.

Elle ramassa son stylo sur son bureau, et se mit à griffonner nerveusement sur une feuille blanche posée devant elle.

Zack lui retira le stylo des mains, le reposa sur le bureau, puis lui offrit sa main, paume ouverte.

Elle ne se posa pas la question de savoir si c'était une bonne idée ou non. Elle replia simplement ses doigts autour de ceux de Zack, et les serra, reconnaissante de la chaleur et de la force qu'il lui transmettait, par ce simple geste.

Elle entendit Reid soupirer, à l'autre bout du fil, et comprit sa fatigue et sa lassitude.

— Ne reprenons pas la discussion là-dessus, d'accord ?

— Tu as raison, murmura Kimberly.

— Papa voulait juste s'assurer que tu allais bien et que ton garde du corps était arrivé.

— Il est là, ne t'inquiète pas, lui répondit Kimberly.

Oui, pensa-t-elle, il était bel et bien là !

En train de lui tenir la main, pour éloigner les menaces et dissiper ses craintes.

En train, aussi, de lui faire éprouver des sensations qu'elle ferait mieux d'ignorer.

— Bon, dit Reid, inconscient du tumulte qui agitait les pensées de sa sœur, ça va au moins retirer un souci à notre père.

Kimberly acquiesça, et laissa son esprit vagabonder, pendant que Reid lui décrivait la protection rapprochée que son père avait fait mettre en place autour de Crofthaven Manor, la propriété familiale.

— Tu veux bien me passer Zack une minute ? demanda-t-il soudain.

Kimberly se raidit.

— Je ne vois pas pourquoi...

— Allons, Kimberly, je t'en prie, ne discute pas, et passe-le-moi.

Elle eut un soupir agacé, et tendit l'appareil à Zack.

Lorsqu'il le prit, elle dégagea sa main de la sienne, regrettant instantanément la chaleur de sa peau, et, plus encore, le lien que symbolisaient leurs deux mains jointes.

— Mon frère veut vous parler, dit-elle.

Elle se leva pour aller dans la cuisine, et se planta devant la fenêtre, regardant, derrière la vitre, la petite rue tranquille dans laquelle elle se sentait si bien. Elle avait choisi de vivre ici pour pouvoir mener une vie indépendante, sans pour autant trop s'éloigner de sa famille. Ici, elle n'était plus seulement l'une des Danforth. Ici, elle était le docteur Kimberly Danforth. Elle avait travaillé dur pour obtenir son diplôme. Tous les travaux de recherche qu'elle avait menés lui avaient gagné le respect de ses collègues.

Maintenant, pourtant, elle avait l'impression que tout cela était en péril. Un inconnu menaçait son père, et cette menace, en se répercutant jusqu'à elle, menaçait l'univers qu'elle s'était créé.

Elle voulait que cela cesse. Que sa vie redevienne aussi calme, aussi studieuse, qu'elle l'avait été avant ces deux derniers jours.

Elle n'entendit pas Zack arriver derrière elle.

— Votre frère s'inquiète.

— Oh, je sais, ils s'inquiètent tous pour moi, dit-elle, les yeux toujours rivés sur le tronc du grand chêne qui ombrageait son jardin.

Le soleil couchant zébrait le ciel de grands rubans rouges et or, les nuages se teintaient d'orange et de rose à l'horizon, et la brise du crépuscule faisait bruisser les feuilles de l'arbre.

On entendait, deux maisons plus loin, le martèlement régulier du ballon de basket du fils des Johnson. Et, un peu plus loin, vers le bas de la rue, les gammes du saxophone de l'aîné des Carter.

— Ils n'ont pas à s'inquiéter, dit Zack d'une voix douce.

Elle se retourna, et leva les yeux vers lui.

Il se tenait à quelques centimètres d'elle. Il était grand, solide, et ses traits exprimaient une détermination sans faille.

Elle pensa qu'elle regrettait le contact de sa main sur la sienne, et se demanda si c'était bien raisonnable. Et si les choses parviendraient un jour à revenir comme elles l'étaient, avant que Zack Sheridan ne débarque dans sa vie. Elle se sentait à la fois inquiète et frustrée.

— Oh, je voudrais tant que tout cela cesse, murmura-t-elle.

Puis elle haussa les épaules, avec un petit sourire d'autodérision.

— Je suppose que cela montre simplement que je suis une trouillarde.

Il s'appuya au comptoir en granit, et la regarda un moment sans rien dire. Puis il tendit la main vers elle, et lui écarta du front une mèche de cheveux, qu'il lui remit derrière l'oreille, en un geste très doux.

Elle frémit, lorsque sa peau effleura la sienne.

— Mais non, dit-il en souriant, vous n'êtes pas une trouillarde. Rappelez-vous : vous ne vouliez même pas de garde du corps.

— Et pourtant, j'en ai un, n'est-ce pas ?

— C'est vrai, ma puce, je suis là.

Son sourire s'élargit, exprimant une assurance que Kimberly accueillit avec soulagement.

— Vous pouvez compter sur moi, ajouta-t-il d'une voix grave. Et, tant que je suis là, cessez de vous faire du souci.

5.

Le nouveau message de menace avait beaucoup plus affecté Kimberly qu'elle ne voulait bien le reconnaître.

Elle sursautait maintenant au moindre bruit inattendu, et passait son temps, lors de leurs promenades nocturnes quotidiennes, à jeter derrière elle des coups d'œil anxieux.

Tout cela commençait sérieusement à inquiéter Zack. Or, pour la première fois depuis des années, il ne savait que faire. En général, il ne s'embarrassait pas de doutes. Il se fixait un but, et mettait tout en œuvre pour l'atteindre.

Mais, cette fois-ci, l'ennemi était insaisissable. Tapi dans l'ombre, utilisant la peur comme arme.

Zack se sentait impuissant et désarmé, et il détestait cette impression.

En revanche, il admirait la façon donc Kimberly gérait la situation. Elle avait peur, certes, et ne songeait pas à le nier. En revanche, elle refusait de se laisser vaincre par cette peur : elle insistait pour continuer à mener une vie normale, refusant de changer quoi que ce soit à ses habitudes.

A plusieurs reprises, elle avait repoussé sa suggestion de rester le plus possible à l'intérieur de la maison. Et avait même trouvé tout à fait aberrante sa proposition de le suivre pour aller se cacher, loin de Savannah, dans un endroit connu de lui seul. Là où la personne qui menaçait son père n'aurait jamais pu la trouver.

Il était revenu à la charge, deux ou trois fois, puis avait fini par abandonner, conscient du fait qu'il perdait son temps, et que, de toute façon, elle ne céderait jamais.

Il se sentait frustré, contrarié, furieux même, parfois. Mais ne pouvait s'empêcher d'admirer le cran de cette jeune femme haute comme trois pommes qu'il avait tout d'abord prise pour une héritière un peu farfelue, une de ces pauvres petites filles riches qui ne savent pas quoi faire pour se rendre intéressantes. Ou essayer de trouver un sens à leur vie.

Il avait compris à quel point il s'était trompé, en partageant avec elle, pendant ces quelques jours, l'espace confiné de sa minuscule maison.

En fait, il s'en rendait compte à présent, ce n'était pas seulement l'inquiétude qui lui mettait les nerfs à fleur de peau, et lui donnait l'impression de marcher sur le fil d'un rasoir.

Non, c'était Kimberly elle-même qui le rendait fou.

Il poussa un grognement, et se versa une tasse de café, puis reposa sur le comptoir la cafetière — qu'il avait achetée dès le lendemain de son arrivée — et alla, sa tasse à la main, regarder dehors, par la fenêtre de la cuisine.

De gros nuages gris venus de l'océan recouvraient maintenant Savannah comme une chape de plomb. Le vent, qui soufflait en rafales, faisait craquer les branches des arbres, et l'on entendait, au loin, des roulements de tonnerre, annonciateurs de l'orage.

Zack but une gorgée du breuvage brûlant, et remarqua pour lui-même que le temps correspondait à son humeur : sombre.

Bon sang, pensa-t-il, Kimberly était en train d'envahir ses pensées. Et le pire, c'était qu'elle ne s'en rendait même pas compte.

Chaque nuit, il s'étendait sur le lit étroit qu'elle avait installé, dans la petite chambre qui lui servait de bureau. Chaque nuit il restait éveillé, à écouter les bruits, de l'autre côté de la mince cloison.

Le lit de la jeune femme grinçait affreusement, chaque fois qu'elle se retournait dans son sommeil, et il se demandait, alors, si elle était couchée sur le dos, ou sur le ventre. Si elle portait un pyjama de flanelle, ou une chemise de nuit de soie. Ou peut-être même rien du tout.

Le mur qui séparait les deux chambres — de simples panneaux en contreplaqué fixés à quelques carreaux de plâtre — n'avait de mur que le nom.

Il entendait Kimberly respirer, pousser de temps en temps de petits soupirs qui le mettaient au supplice. Il entendait le froissement des draps lorsqu'elle se retournait. Il se voyait, alors, pulvérisant la mince cloison pour se précipiter chez elle et froisser avec elle encore un peu plus ses draps qu'il imaginait en satin.

Il dormait à peine quelques heures par nuit, et le comble, pour lui, tout au long de ces nuits sans sommeil, c'était de penser que Kimberly, pendant ce temps, ne semblait pas le moins du monde perturbée par sa présence.

Or, du plus loin qu'il se souvienne — et toute modestie mise à part —, il ne se rappelait pas avoir jamais rencontré de situation aussi frustrante : jamais il n'avait désiré une femme qui, elle, ne l'ait désiré en retour.

« C'est sans doute mieux comme ça », marmonna-t-il pour lui-même, en reprenant une gorgée de café brûlant.

D'ailleurs, Kimberly Danforth n'était pas du tout le style de fille qu'il recherchait d'habitude.

Trois ans auparavant, il s'était cru amoureux et avait décidé de dépasser le stade de la simple liaison où aucun des partenaires ne s'engage. Il avait posé la question fatidique. Mais la jeune femme en question avait répondu par la négative.

Elle lui avait ensuite expliqué qu'un membre de commando de marine lui convenait tout à fait pour une relation purement sexuelle, mais qu'elle attendait davantage qu'une solde de militaire pour parer aux besoins de son existence. Sans compter qu'elle ne pourrait pas supporter un mari plus souvent en mission qu'au foyer conjugal.

Une fois oubliées sa souffrance, sa déception et sa blessure d'amour-propre, Zack avait fini par reconnaître qu'il ne pouvait même pas blâmer cette jeune femme d'avoir rejeté sa demande.

Et, depuis, il avait érigé pour principe le fait de se tenir à bonne distance du genre de fille susceptible de rechercher une relation stable, et à long terme.

C'est-à-dire, il le pressentait, le genre de Kimberly Danforth.

Son regard se fixa sur son propre reflet dans la vitre, et il fronça le sourcil.

« Allons mon vieux, se dit-il à lui-même, tu n'as rien à attendre de cette fille. Alors, reprends tes esprits. Il te reste trois semaines de mission. C'est faisable. »

Ce n'était pas pour rien qu'il avait suivi un entraînement intensif — il avait d'ailleurs terminé premier de sa promotion — qu'il avait plongé dans des mers infestées de requins, sauté sur un bateau qui avait explosé sous lui, et survécu à une marche dans le désert d'une semaine, avec, en tout et pour tout, une gourde d'eau et un G.P.S.

Il se redressa, inspira profondément.

« Oui, mon vieux, si tu as survécu à toutes ces épreuves, alors, tu peux aussi survivre à celle-ci. »

Il tourna le dos à son reflet, et balaya du regard la cuisine qu'il partageait maintenant avec Kimberly.

Sa toute nouvelle cafetière électrique était voisine, sur le comptoir en Inox brillant, de la centrifugeuse de Kimberly. Pendant qu'elle se mixait des concoctions bizarres de carottes, céleri, pêches — et n'importe quoi d'autre qui lui tombait sous la main —, il humait l'arôme délicieux du café moulu D & D, en train de couler goutte à goutte dans sa cafetière.

Elle se nourrissait de yaourts nature bio et de pain complet, lui de pancakes au beurre dégoulinants de sirop d'érable.

— Bref, grommela-t-il à voix haute, opposés sur toute la ligne, même en matière de nourriture.

— Il paraîtrait, dit une voix suave depuis la porte, que le fait de parler tout seul est le premier signe annonciateur de la démence...

Zack leva les yeux au ciel, avec un haussement d'épaules prétendument désinvolte, alors que, à l'intérieur de lui-même, il remerciait le ciel que Kimberly n'eut pas la faculté de lire dans ses pensées.

— Dites-moi, demanda-t-il, qu'avez-vous prévu au programme pour aujourd'hui ?

— Je voudrais aller jusqu'à l'île de Tybee, pour prendre des photos.

— De ?

— Du varech, de l'océan, on verra bien.

— C'est en rapport avec votre projet de recherche ?

Elle leva les bras, pour réunir ses longs cheveux en une queue-de-cheval, qu'elle attacha d'un simple élastique.

— Non, pour mon compte personnel.

— Et bien cela ne me paraît pas une bonne idée.

Elle laissa retomber ses bras, et mit ses poings sur ses hanches, d'un air excédé.

— Eh bien, *moi,* j'ai besoin de sortir de cette maison, avant de devenir folle.

— Permettez-moi de vous rappeler que nous continuons, malgré mon avis défavorable, vos promenades nocturnes.

Il comptait d'ailleurs lui annoncer — avec ménagement — qu'il allait ramener la fréquence de ses promenades à une ou deux fois par semaine seulement. Inutile de tenter le sort. Quoi que Kimberly puisse en penser, il n'était pas du tout raisonnable de respecter une routine, lorsqu'on avait affaire à une personne menaçante dont on ne connaissait même pas le visage.

— Oui, peut-être, mais je suis en train de devenir folle. Et du reste, ajouta-t-elle en lui jetant un long regard appuyé, je pense que vous aussi.

— J'avoue que j'ai parfois l'impression que les murs se referment sur moi, admit-il avec un hochement de tête.

Sans toutefois ajouter qu'elle était la cause de cet état de fait.

Kimberly releva la tête et le défia du regard.

— Alors, allons-y, ça nous fera du bien à tous les deux.

— Il va y avoir de l'orage.

— Aucune importance, je ne suis pas en sucre.

Zack la dévisagea un long moment sans rien dire.

La plupart des filles qu'il connaissait n'envisageraient pas une seule seconde de sortir sans maquillage. Mais Kimberly n'avait même pas vérifié dans une glace si sa queue-de-cheval était bien faite. Elle ne portait aucune trace de fard, mais avait le teint frais et lumineux que confère une vie saine et équilibrée. Lorsqu'elle tirait ainsi ses cheveux en arrière, ses yeux paraissaient immenses, et son menton volontaire semblait encore un peu plus affirmé qu'à l'habitude.

Il rencontra son regard, et y lut sa tension nerveuse. Il comprit combien cela lui coûtait de maintenir un calme apparent, et sut qu'elle était proche du point de rupture.

— Oh, et puis zut ! dit-il.

Un brusque sourire éclaira le visage de Kimberly, et il se sentit heureux de lui avoir cédé.

— Merci ! s'exclama-t-elle, battant des mains comme une enfant.

Il attrapa, sur la table, le fourre-tout qu'elle y avait posé.

— Dites donc, s'étonna-t-il, ce truc pèse une tonne !

— Vous voulez que je vous aide ? s'enquit-elle, esquissant un sourire malicieux.

— Merci, non, répondit-il en riant, balançant l'anse du sac sur son épaule. J'ai porté des sacs dix fois plus lourds, à travers des jungles si épaisses qu'on n'y voyait rien, et si denses qu'on ne pouvait y progresser qu'en taillant à coups de serpe des lianes plus grosses que votre bras.

— La jungle ? Vraiment ?

Kimberly le précéda jusqu'à la porte d'entrée, s'effaça pour le laisser sortir, puis referma derrière eux.

— C'est là que vous étiez, avant de venir ici ?

— Non, répondit-il simplement.

— Non ? c'est tout ? Vous ne pouvez pas me dire où vous étiez ?

— Je pourrais, dit-il avec un sourire, en lui prenant le bras pour lui faire descendre les marches. Mais, si je le faisais, il faudrait que je vous tue. Et vous êtes beaucoup trop jolie pour ça.

Elle s'arrêta, et dégagea son bras d'un geste brusque.

— Qu'y a-t-il ? demanda Zack, surpris.

Kimberly fronça le sourcil.

— Ne faites pas ça.

— Faire quoi ?

Elle inspira à fond, puis relâcha son souffle d'un seul coup.

— Ne me dites pas que je suis jolie.

Un coup de vent froid arriva de nulle part, et libéra quelques mèches brunes de sa queue-de-cheval. Elle les écarta de ses yeux d'un geste impatient. Un éclair zébra le ciel, aussitôt suivi d'un roulement de tonnerre.

— Et pourquoi pas ? demanda Zack.

— Parce que je ne le suis pas, et que je le sais fort bien. Alors, je vous en prie, évitez-moi votre baratin et les flatteries mensongères, d'accord ?

Zack descendit l'anse du sac de son épaule, pour le laisser tomber sur l'herbe, sans prêter la moindre attention au bruit des affaires de Kimberly s'entrechoquant à l'intérieur.

— Ce n'est *pas* une flatterie mensongère, et je n'étais *pas* en train de vous baratiner.

Kimberly se planta devant lui, les poings sur les hanches, et rejeta la tête en arrière, pour le défier du regard.

70

— Ah non ? Dans ce cas, c'est plus grave. Ça voudrait dire que vous ne vous en rendez même plus compte, et que c'est devenu, pour vous, tellement automatique que vous n'avez même plus conscience lorsque vous flirtez.

— Mais qu'est-ce qui vous prend ?

— Oh, je vous en prie, vous savez très bien ce que je veux dire.

— Non, pas vraiment. Dites-moi donc ce que vous avez voulu dire. En général, vous ne vous en privez pas.

— Parfait, alors allons-y : imaginez-vous, monsieur Sheridan, que j'ai un prénom. Je m'appelle Kimberly. Ou, si vous préférez, Kim, ça vous fatiguera moins.

Zack plissa les yeux, mais s'obligea à répondre d'un ton égal.

— Il me semble en effet avoir entendu ce prénom quelque part.

Kimberly leva un sourcil ironique.

— Etrange, j'aurai juré que vous l'ignoriez.

— Et qui est-ce qui a bien pu vous mettre dans le crâne une idée aussi grotesque ?

— Simple question de déduction, mon ami.

Elle croisa les bras sous sa poitrine, et eut un ricanement méprisant, lorsqu'elle vit le coup d'œil de Zack dirigé vers ses seins.

— Vous considérez que toutes les femmes sont interchangeables, n'est-ce pas ?

— Mais qu'est-ce qui vous permet de...

— Oui, une sorte de buffet géant, où l'on choisit ce qui vous plaît. Blonde, brune, ou rousse, peu importe la couleur des cheveux, pourvu qu'elle ait des seins, c'est bien ça ?

— Attendez un peu ! gronda-t-il, en avançant d'un pas, pour tenter une manœuvre d'intimidation qui, de toute évidence, tomba à plat.

— Non, *vous,* attendez un peu ! Vous croyez que je n'ai pas compris pourquoi vous m'appelez tout le temps ma belle, ma puce, ma douce, ou même chérie ?

Elle tendit le bras, et lui enfonça son index dans la poitrine.

— Vous croyez que je ne sais pas que ça vous permet de vous adresser à n'importe quelle femme sans même vous donner la peine de retenir son nom ? Et bien, monsieur Sheridan, imaginez-vous que je ne suis pas l'une des petites groupies que vous trouvez certainement dans chaque port. Je ne suis pas non plus une fille prête à chauffer votre lit, au premier clin d'œil de l'homme irrésistible que vous pensez être. J'aimerais que vous vous mettiez ça dans le crâne !

Zack inspira profondément, et serra fort la mâchoire avant de répondre :

— Première chose, ma belle, je n'ai pas de « groupies » comme vous dites. J'ai des amies. Et, occasionnellement, j'ai aussi des maîtresses.

Kimberly se sentit piquée par la morsure, mal venue, de la jalousie. Elle n'avait vraiment pas envie de l'imaginer avec une autre. Et pourtant, des hommes comme lui devaient avoir, en permanence, des dizaines de femmes à leurs pieds.

— A la différence de vous, ajouta Zack, je préfère très nettement les gens aux poissons.

Le regard de Kimberly se fit menaçant.

— Comment osez-vous… ?

72

— Je vous ai laissée parler, trésor, interrompit-il. Laissez-moi parler à mon tour. Si je dis que vous êtes jolie, c'est que je le pense. Je n'ai pas besoin de mentir à une femme pour attirer son attention.

— Les problèmes d'ego ne vous étouffent pas, à ce que je vois ? railla-t-elle.

— En effet, approuva-t-il en la gratifiant d'un sourire enjôleur. Maintenant, si vous préférez croire que je mens, c'est votre problème, pas le mien.

— Admettons, rétorqua-t-elle d'un ton sec, que vous ne mentiez pas. Dans ce cas, permettez-moi tout de même de vous conseiller d'aller faire examiner votre acuité visuelle par un ophtalmo.

Zack hocha la tête avec un rire grave.

— Eh bien, baby, on peut dire que vous êtes une sacrée bonne femme !

Kimberly serra les dents, refoulant un petit pincement douloureux. Personne — à part lui, bien sûr — ne l'avait jamais appelée chérie, trésor, ou *baby*. Jamais. Et cela la déprimait de savoir que Zack employait ces mots sans leur accorder la moindre valeur.

C'était vraiment stupide, pensa-t-elle, de se laisser démoraliser ainsi. Et plus stupide encore de souhaiter que — même pour un bref instant — Zack ait pu réellement penser ce qu'il disait.

Mais elle était une scientifique, et se trouvait, à ce titre, mieux placée que quiconque pour savoir que les hypothèses ne suffisent pas à établir la réalité des faits.

Et la dernière fois où elle avait pris ses désirs pour des réalités, elle était allée droit dans le mur ; et chaque fois qu'elle repensait à cette époque où elle avait laissé son désir prendre le pas sur la raison, la trahison qu'elle avait subie lui faisait encore mal.

— Quoi qu'il en soit, reprenait Zack, je tiens à mettre les choses au point : pour une raison qui m'échappe, vous avez décidé de me faire une scène. Parfait, mais autant vous prévenir : je n'ai aucunement l'intention de subir votre mauvaise humeur, sous prétexte que vous êtes furieuse contre votre père de vous avoir imposé un garde du corps.

— Je ne suis pas furieuse contre...

— Ah non ? Vraiment ? Vous mentez comme une arracheuse de dents, ma belle !

Il lui agrippa les bras, et l'attira vers lui, au moment où les premières grosses gouttes de pluie commençaient à tomber. Il plongea son regard dans le sien, tandis qu'un lent sourire se formait sur ses lèvres.

— Vous voulez que je vous dise quel est votre *vrai* problème ?

Il marqua un temps d'arrêt et Kimberly, hypnotisée par l'intensité de son regard, ne put réprimer un frisson.

— Votre problème, c'est que vous avez envie de moi, dit-il d'une voix rauque.

Bon sang ! pensa Kimberly, il avait raison. Horriblement raison.

Un éclair aveuglant éclaira le ciel au-dessus d'eux, un coup de tonnerre d'une violence inouïe éclata tout aussitôt, et des trombes d'eau se mirent à tomber, les détrempant tous les deux en quelques fractions de secondes.

Le visage ruisselant, Kimberly cligna des yeux pour tenter d'éclaircir sa vision. Et elle pensa que Zack avait vraiment l'air d'un pirate. D'un dangereux pirate.

Et irrésistiblement sexy.

Malgré l'eau qui lui brouillait la vue, ce qu'elle lut dans son regard la fit frissonner de nouveau. Il se pencha vers elle. Plus près. Plus près encore…

Tout à coup, il sourit et la lâcha. Surprise, elle recula, et faillit perdre l'équilibre.

Zack se pencha pour ramasser son sac par terre, puis se redressa, un sourire ironique aux lèvres.

— Oui, vous avez envie de moi, ma belle. Et ça peut s'arranger, ajouta-t-il avec un clin d'œil. Dès lors que vous aurez *admis* votre désir.

— Vous pouvez toujours rêver. Il faudra qu'il gèle en enfer avant que cela ne m'arrive, rétorqua-t-elle, sèchement.

Il resta un moment immobile, à la dévisager d'un air narquois, tandis que la pluie continuait à leur cingler le visage.

Puis, sans un mot de plus, il lui tourna le dos.

Tremblante de frustration, Kimberly le regarda rentrer dans la maison.

Il avait raison : inutile d'espérer pouvoir faire des photos sous un tel déluge. Ils allaient donc devoir rester enfermés ensemble, dans sa maison qui, chaque jour, lui paraissait plus petite.

La journée allait être longue…

Mais elle survivrait, se dit-elle. Elle pourrait surmonter son désir. Elle pourrait continuer à vivre dans cette maison avec Zack, sans jamais admettre à quel point elle avait envie de lui.

Non, jamais elle ne lui donnerait cette satisfaction.

Trempée jusqu'aux os, elle entra dans la maison à son tour, et referma, très lentement, la porte derrière elle.

6.

Pendant plus de deux heures, les éléments se déchaînèrent : le vent rugissait, la pluie martelait les fenêtres avec une force stupéfiante, les coups de tonnerre faisaient trembler les vitres. Et puis, aussi soudainement qu'il avait commencé, l'orage s'apaisa. Le vent tomba, les trombes d'eau se transformèrent en une petite pluie fine, et les coups de tonnerre s'éloignèrent vers l'horizon, avant de cesser tout à fait.

Pelotonnée dans un coin du canapé, et tenant sur ses genoux un livre — dont elle n'était pas encore parvenue à lire la première page —, Kimberly jetait des coups d'œil furtifs à Zack qui, lui, fixait l'écran de la télévision, d'un air profondément intéressé.

Mais elle n'était pas dupe, Zach était tout sauf détendu. Certains signes ne trompaient pas : ses mains, par exemple, crispées sur les accoudoirs du fauteuil. Et ses lèvres serrées.

Elle laissa son regard s'attarder sur sa bouche, et se demanda une fois encore — comme elle n'avait cessé de le faire au cours des heures précédentes — à quoi pourrait bien ressembler un baiser de Zack Sheridan.

Elle était convaincue qu'il ne pourrait se comparer à rien de ce qu'elle avait connu auparavant.

De toute façon, pensa-t-elle, elle ne risquait pas de le savoir de sitôt, puisqu'il avait dit qu'il attendrait qu'elle fasse le premier pas.

Or, *jamais*, au grand jamais, elle ne lui ferait ce plaisir.

Mais cela n'impliquait pas qu'elle reste assise, en silence, pendant toute la journée. C'était déjà assez pénible de se voir imposer la présence d'un inconnu chez elle. Elle décida d'engager la conversation.

— L'orage s'est éloigné, dit-elle.

— Merci de me tenir informé, répondit Zack, le regard toujours rivé sur la télévision.

Bien, pensa Kimberly, voilà un bel exemple de tentative de communication ratée.

Elle envisagea un instant de se placer devant l'écran de télévision pour attirer son attention.

— Comment pouvez-vous rester planté devant de telles inepties ? s'exaspéra-t-elle enfin.

Il se tourna vers elle avec un sourire affable.

— Peut-être pourrions-nous vous trouver un documentaire sur les poissons ? proposa-t-il.

L'ironie de son ton n'échappa pas à Kimberly, mais elle soutint son regard, préférant ignorer la causticité de sa remarque.

— Rien ne nous oblige à nous comporter en ennemis, vous savez.

— Rien, en effet.

— Vous comptez en rester là ? insista-t-elle.

Il l'observa un moment sans rien dire.

78

— Je vous l'ai déjà dit, Kimberly, dit-il d'une voix rauque, si vous voulez que les choses changent, il ne tient qu'à vous de me le dire.

Kimberly se sentit frissonner des pieds à la tête, mais elle se raidit, décidée à ne pas céder aux élans de son corps.

— Jamais je ne…

— Croyez-moi, chérie, l'interrompit-il, on ne doit *jamais* dire jamais.

Elle inspira à fond, pour tenter de dissiper la bouffée de colère qui la submergeait soudain.

— Vous êtes vraiment le type le plus odieux que j'ai…

On frappa alors à la porte, et elle bondit sur ses pieds.

Mais Zack fut plus rapide encore, et il vint se planter devant elle, tendant le bras pour l'empêcher d'avancer.

— Inutile de jouer les héros, fulmina-t-elle, c'est sans doute un voisin.

— Peut-être, mais c'est moi qui ouvre la porte, compris ?

— Franchement, vous ne trouvez pas que vous en faites un peu trop ?

Sans lui répondre, Zack alla regarder par le judas, avant d'éclater de rire et d'ouvrir la porte à la volée.

Kimberly regarda par-dessus l'épaule de Zack et vit, debout sur le seuil, trois hommes à la carrure impressionnante, vêtus de jeans délavés et de T-shirts, arborant de larges sourires.

— Salut, boss !

— Bon sang, les gars, s'exclama Zack, mais qu'est-ce que vous faites là ?

— On a pensé qu'on devait te manquer, depuis le temps, dit l'un d'entre eux.

— Tu parles, oui, répondit Zack, à peu près autant qu'une rage de dents !

Kimberly l'observait, stupéfaite : Zack s'était tout à coup métamorphosé. Sa tension nerveuse semblait s'être évanouie, et il semblait avoir retrouvé sa bonne humeur.

Il s'agissait, de toute évidence, et malgré leurs vêtements décontractés, de militaires. Leur coupe de cheveux indiquait leur métier, aussi sûrement qu'un galon cousu sur un uniforme. D'ailleurs, le fait qu'ils aient appelé Zack « boss » corroborait cette hypothèse.

Tous, Zack inclus, semblaient appartenir à une sorte de… famille. Liés entre eux par une amitié mêlée d'autre chose qu'elle ne comprendrait probablement jamais tout à fait.

Zack parut soudain se rappeler sa présence. Lorsqu'il se tourna vers elle, son regard était chaud et amical, sans plus une trace de la tension ni de l'ironie qu'il avait exprimées quelques minutes plus tôt. Son large sourire fit sentir à Kimberly qu'il l'incluait dans leur groupe, et elle lui en fut très reconnaissante.

— Kimberly, dit-il, tendant le bras pour désigner les trois hommes, je vous présente mon escouade.

— Tout d'abord, Danny Akiona, encore appelé Hula.

Un grand homme, au teint mat et aux épais cheveux noirs, lui sourit, et hocha la tête.

— Mademoiselle.

Le second, aussi grand que le premier, mais avec des cheveux blond pâle et des yeux bleus, la gratifia d'un sourire à la fois innocent et malicieux.

— Mad Dog Connely, dit Zack.

— Bonjour.

— Et enfin, Three Cards Montgomery.

— Hello ! la salua le troisième, plus petit que les autres, avec un regard très intense.

Kimberly sourit à la ronde.

— Pourquoi n'entrez-vous donc pas un instant, prendre un verre avec Zack ? leur proposa-t-elle.

— Merci, mademoiselle, dit Hula, en entrant le premier.

— Je vous en prie, appelez-moi Kimberly. Ou Kim, si vous préférez. C'est comme ça que m'appellent la plupart des gens.

— Jolie maison, remarqua Mad Dog, saluant Zack au passage d'un amical coup de poing dans l'estomac.

— On ne voudrait pas vous déranger, dit Three Cards, en refermant la porte derrière lui.

— Pas le moins du monde, le rassura-t-elle. Au contraire, c'est très sympa de votre part d'être venus rendre visite à Zack.

Celui-ci se tourna vers elle avec un grand sourire, et elle se sentit ravie d'avoir suivi son instinct en invitant ses amis à entrer.

Elle s'apprêtait à s'éclipser discrètement dans sa chambre pour laisser Zack profiter d'eux, mais il l'attrapa par la main et l'entraîna avec lui dans le salon.

— Alors, dites-moi, que me vaut cette visite ? demanda-t-il à la cantonade.

Les hommes s'étaient installés confortablement sur le canapé et dans les fauteuils, et, pour la première fois, Kimberly se rendit compte à quel point son décor paraissait féminin et raffiné. Ces hommes, avec leur stature imposante, avaient l'air de tigres installés sur le coussin d'un chat domestique.

— On voulait te donner des nouvelles d'Hunter, dit Three Cards.

— Qui est Hunter ? demanda Kimberly.

— Hunter Cabot, le quatrième homme de mon escouade, lui répondit Zack. Comment va-t-il ?

— Mieux, bien mieux même, dit Hula en riant. Il reprend du poil de la bête et fait tourner les infirmières en bourrique. Il y en a même une qui parle de le poursuivre pour harcèlement sexuel. Une rousse.

— Rien d'étonnant, commenta Three Cards, les rousses ont toujours été son point faible.

— Ça me paraît plutôt bon signe, commenta Zack, visiblement soulagé.

— A propos, demanda Hula à Three Cards avec un sourire malicieux, comment se porte ton point faible à toi ?

— Très drôle !

Zack se tourna vers Kimberly.

— Three Cards vient de se marier.

— Félicitations.

— Merci, mademoiselle, répondit Three Cards avec un hochement de tête.

Il se tourna de nouveau vers Zack.

— Les toubibs en sont à menacer Hunter de mesures de rétorsion.

— Ça n'y changerait sans doute pas grand-chose, remarqua Mad Dog en riant, avec un tempérament comme le sien.

— Que lui est-il arrivé ? demanda Kimberly, regardant les quatre hommes l'un après l'autre.

— Rien, répondit Zack d'un ton sec.

— Rien ? répéta Kimberly. Donc, si je comprends bien, votre ami est à l'hôpital en train de se remettre d'une sévère attaque de « rien » ?

— Le boss veut juste se montrer modeste, mademoiselle, expliqua Hula.

Mad Dog approuva d'un rire, et Zack les foudroya tous les deux du regard.

Kimberly l'ignora délibérément, et passa derrière lui pour venir s'asseoir sur le canapé, face à Hula.

— Puisqu'il est si modeste, alors, pourquoi ne pas me raconter vous-même ce qui s'est passé ?

— J'en serais ravi, mademoiselle, mais... pourquoi n'irions-nous pas d'abord chercher les munitions dans la voiture ? Je me sens la gorge un peu sèche.

— Les munitions ? répéta Kimberly sans comprendre.

— De la bière, sans doute, traduisit Zack.

Three Cards se leva d'un mouvement fluide et sortit.

Hula commença à parler, et Zack vint s'asseoir sur le dossier du canapé, juste derrière Kimberly. Elle sentait dans son dos sa cuisse, ferme et chaude, et s'appuya contre les coussins, pendant que Hula racontait comment s'était déroulée leur dernière mission.

Il en brossait un tableau très vivant, décrivant fort bien l'obscurité et le danger. Elle perçut leur sentiment de victoire lorsqu'ils avaient réussi à libérer l'otage, et leur fureur lorsqu'on leur avait dit d'abandonner l'un des leurs derrière eux.

— Mais c'est épouvantable, murmura-t-elle.

— Oui, c'est aussi ce que nous avons pensé.

— Maudits politiciens, marmonna Three Cards, en posant sur la table basse de verre le pack de douze canettes de bière fraîche qu'il venait de rapporter. Il l'ouvrit, et en sortit quelques-unes. Il tendit la première à Kimberly.

— Elle ne…, commença Zack.

— Merci, dit Kimberly, en prenant la bière que Three Cards lui tendait.

Elle ouvrit sa canette, la porta à ses lèvres, et en but une gorgée.

Zack la regarda, moqueur.

— Et alors ? demanda-t-elle, attendant la suite.

— Et alors, on a récupéré Hunter, dit Zack. Et il est en train de se remettre à l'hôpital.

— Dieu merci, murmura Kimberly.

— Oh non, mademoiselle, dit Hula. C'est Zack qu'il faut remercier. C'est lui qui a dit au big boss d'aller au diable !

— Tais-toi, Hula, grommela Zack.

— Continuez, Hula, s'il vous plaît, dit Kimberly.

— Bien, mademoiselle, acquiesça Hula avec un sourire. Donc, Zack est retourné en arrière, sous le feu de l'ennemi, et a ramené Hunter sur son dos, jusqu'au Zodiac. Juste à temps pour qu'on puisse évacuer sans dommages.

— Seul ? répéta Kimberly, en regardant Zack, les yeux agrandis par l'admiration.

Visiblement gêné, Zack s'éclaircit la gorge pour se donner une contenance, tandis que Kimberly se sentait submergée d'admiration.

Jamais elle n'avait rencontré un homme comme lui. Les hommes avec lesquels elle avait été élevée tiraient gloire des tâches les plus banales : par exemple, aller chercher un taxi sous la pluie, ou encore rendre un calcul exact, lors de l'audit d'une société.

Zack, lui, avait risqué sa vie, bravé le feu ennemi pour ramener un ami, et, malgré le danger incroyable qu'avait représenté cette mission, il se sentait gêné qu'on en reparle.

De toute évidence, il n'éprouvait aucune difficulté à se conduire en héros. En revanche, il ne voulait pas qu'on le félicite. Même lorsque les félicitations étaient amplement méritées.

Three Cards éclata de rire.

— Zack aime agir seul, c'est là qu'il donne toute sa mesure.

Kimberly était fascinée. Elle enviait à Zack ce tempérament guerrier. Cette faculté d'affronter le danger. Cette autorité de compétence. Elle-même n'avait jamais été vraiment sûre d'elle. Dans le domaine professionnel, elle se défendait, bien sûr. Ses connaissances lui assuraient une indéniable compétence : personne, pas même elle-même, n'aurait songé à mettre en doute sa valeur en tant que chercheur en biologie marine. Mais, sortie de ce domaine très particulier, elle se sentait aussi mal à l'aise qu'un poisson hors de l'eau.

Dans les soirées, par exemple, elle s'arrangeait toujours pour se terrer dans un coin, de préférence cachée par une plante verte. Elle restait toujours le minimum de temps nécessaire pour ne pas risquer de froisser la personne qui l'avait invitée, puis elle s'éclipsait, pour retourner chez elle.

Dans son antre.

Son sanctuaire.

Du moins, cela avait été le cas avant que Zack n'apparaisse dans sa vie.

Et elle doutait que cela lui semble jamais pareil lorsqu'il serait reparti. Il était devenu partie intégrante de sa vie quotidienne, et elle ne savait pas bien comment elle allait pouvoir revenir à sa vie d'avant.

Elle n'était du reste plus très sûre de le souhaiter vraiment.

— Vous lui avez sauvé la vie, dit-elle en levant les yeux vers Zack.

Lorsqu'elle rencontra son regard, elle vit qu'il se sentait embarrassé, ce qui la surprit. Et, sans qu'elle eût pu vraiment dire pourquoi, elle éprouva soudain pour lui une énorme bouffée de tendresse.

— Quand une escouade part en mission, dit-il simplement, il faut que toute l'escouade en revienne.

Les trois hommes levèrent leurs bières, d'un même geste, pour saluer la déclaration de leur chef.

— Hourra pour le boss !

La soirée se poursuivit, animée des conversations et des rires. Kimberly, elle-même, ne se rappelait pas avoir jamais autant parlé ni autant ri. Les hommes, encore plus soudés les uns aux autres que s'ils avaient été des frères, racontaient des histoires et plaisantaient, avec une bonne humeur communicative, l'incluant dans leur cercle de camaraderie.

Pour la première fois de son existence, elle éprouva un sentiment d'appartenance, et cela la rendit euphorique.

La bière lui tournait la tête — le manque d'habitude — et, lorsque Hula décida de faire livrer des pizzas, elle redécouvrit le plaisir de partager un plat qu'elle avait banni de son alimentation depuis des années : elle dévora sa part avec un appétit féroce.

Elle se sentait bien. Merveilleusement bien. Et elle rosissait de plaisir chaque fois que Zack lui souriait avec un clin d'œil complice, exprimant ainsi son approbation qu'elle s'entende si bien avec ses amis.

Elle en était à sa deuxième bière lorsque la conversation se concentra sur la plongée sous-marine. Et là, Kimberly put prendre une part active à la conversation, racontant ses expériences de plongée dans toutes les mers du globe. Les quatre hommes savaient de quoi elle parlait. Ils avaient, eux aussi, expérimenté la magie des plongées en eau profonde, dans un monde d'obscurité et de silence total.

— Moi, j'ai bien failli y laisser ma peau, déclara Hula, en posant son pied sur le bord de la table basse. Regardez un peu ça, Kimberly.

Et il releva le bas de son jean pour révéler une vilaine cicatrice sur son mollet.

— Barracuda, Floride.

— Bof, c'est rien du tout, protesta Three Cards, en se levant. Visez ça, Kimberly.

Et il souleva le bas de son T-shirt, dévoilant de superbes abdominaux bronzés et musclés, barrés d'une cicatrice circulaire.

— Requin tigre, golfe du Mexique.

Mad Dog roula sa manche droite pour montrer une longue cicatrice qui lui entourait le biceps.

— Raie pastenague, Malibu.

Zack se leva à son tour et se retourna, puis releva sa chemise pour montrer la longue cicatrice qui lui barrait le bas du dos.

— Murène, Thaïlande.

Quatre paires d'yeux se tournèrent alors vers Kimberly. Elle hésita une fraction de seconde, puis décida qu'à présent elle faisait partie de ce groupe, et qu'étant donné la façon dont ils l'avaient accueillie, elle pouvait, elle aussi, apporter son tribu.

Elle posa sa jambe gauche sur la table basse devant elle, releva le bas de son jean haut sur sa jambe, et exposa un ensemble de petites cicatrices circulaires qui entouraient son genou.

— Pieuvre, mer du Japon.

— Hourra pour Kimberly ! s'écrièrent les quatre hommes en même temps, levant leurs bières d'un même geste, comme ils l'avaient fait tout à l'heure, en l'honneur de Zack.

Kimberly se sentit devenir pivoine, puis elle éclata de rire, soudain euphorique de se sentir si chaleureusement acceptée dans le petit groupe des amis de Zack.

Quelques heures plus tard, Zack contemplait le plafond, allongé sur son lit étroit. Ses trois amis étaient partis depuis longtemps. Kimberly était couchée elle aussi, et, chaque fois qu'en bougeant elle faisait grincer les ressorts de son sommier, il serrait les mâchoires.

Pendant toute cette soirée, qu'il avait passée à l'observer, il avait dû se faire violence pour s'empêcher de la prendre dans ses bras et l'embrasser à perdre haleine.

Il n'aurait jamais imaginé cette intello si convenable capable de retrousser la jambe de son jean pour comparer ses cicatrices avec celles de quatre militaires de marine. Ni, encore moins, cette inconditionnelle du jus de carottes et du pain au son capable d'avaler trois bières d'affilée, et de disputer avec lui la dernière part de pizza.

Elle avait ri aux éclats, raconté des histoires, elle avait rougi, aussi, lorsqu'elle croisait son regard. Et il se sentait encore bouleversé par la candeur de son sourire, chaque fois qu'il l'avait gratifiée d'un clin d'œil complice.

Et il avait encore plus envie d'elle qu'avant.

Dans la chambre à côté, il entendit de nouveau le lit grincer, et s'exhorta à ne pas y prêter attention. Il ferma les yeux, mais cela n'arrangeait rien puisque, dans sa tête, il voyait Kimberly lui sourire.

— Zack ?

Il rouvrit brusquement les yeux, et se tourna vers la cloison.

— Oui ?

— J'aime bien vos amis, dit-elle.

Sa voix lui parvenait très claire, à travers ce mur qui n'en n'était pas un.

Il se passa une main sur la figure.

— Ils vous ont beaucoup appréciée, eux aussi.

— J'ai eu cette impression, mais…

— On dirait que ça vous étonne.

Une longue pause.

— Eh bien… oui.

— Pourquoi ?

— Vous ne m'appréciez pas, vous, alors j'ai cru qu'eux ne m'apprécieraient pas non plus.

— Je n'ai jamais dit que je ne vous aimais pas.

— Alors, c'est vrai, vous m'aimez bien ?

Il se releva sur un coude, fixant toujours le fichu mur.

— Pourquoi croyez-vous que je perdrais mon temps à parler à un mur, si je n'appréciais pas votre compagnie ?

Il y eut une nouvelle pause. Plus longue que la précédente.

— Moi aussi, dit-elle enfin, je ne pensais pas que ce serait possible, mais en fait, si. Je vous aime bien.

— Merci.

Génial, pensa-t-il. Il avait envie d'elle à en crever, et elle se contentait de l'aimer « bien ».

— Me promettez-vous de rester où vous êtes, si je vous dis quelque chose ? reprit Kimberly d'une voix plus basse.

— Je ne fais jamais de promesse sans avoir tous les éléments en main, répondit-il, retombant en arrière sur son oreiller, fixant le plafond une nouvelle fois.

Chaque dalle du plafond comportait trente-quatre points de peinture verte, soixante-quinze de peinture grise, et cent vingt-sept de peinture blcue. Il le savait, il avait passé les deux dernières heures à les compter et à les recompter. Pour essayer de se sortir Kimberly de la tête.

Et maintenant elle voulait lui parler, cœur à cœur, bien à l'abri de cette fichue cloison.

— Promettez-moi, insista-t-elle.

— Bon, d'accord, si ça peut vous permettre de vous endormir, alors, je promets.

Les secondes passèrent, et Zack attendit, écoutant le vent qui faisait craquer les huisseries de la vieille maison.

— Vous aviez raison, tout à l'heure, dit enfin Kimberly d'une voix hésitante.

— Je ne me lasse jamais d'entendre les femmes dire que j'ai raison, dit Zack en souriant. Mais j'avais raison à propos de quoi, au juste ?

— Cet après-midi, quand nous nous apprêtions à partir pour l'île de Tybee.

L'estomac de Zack se contracta.

— Oui ?

— Vous avez dit que j'avais envie de vous.

— Et...

— Vous aviez raison.

La porte de la chambre de Kimberly s'ouvrit à la volée et la silhouette de Zack apparut dans l'encadrement. Elle se redressa d'un bond, serrant la couette à motifs roses contre sa poitrine.

— Vous aviez promis de rester dans votre chambre ! protesta-t-elle avec véhémence.

— Eh bien, j'ai menti.

7.

Kimberly sauta à bas de son lit, entraînant avec elle la couette qu'elle tenait serrée contre sa poitrine.

Elle dévisageait Zack, les yeux agrandis par la surprise... et par l'admiration.

Il était tout simplement magnifique.

Dans le rayon de lune qui pénétrait par la fenêtre, son torse à la musculature impressionnante luisait d'une chaude couleur ambrée. Et son jean, déboutonné à la taille, laissait apercevoir un peu de peau plus claire.

Kimberly détourna délibérément le regard, et leva son visage vers Zack.

— Vous m'avez dit que vous ne mentez jamais !

— A propos des petites choses, parfois. Jamais des grosses.

— Oh, mais il s'agit vraiment d'une *grosse* chose.

Zack la gratifia d'un sourire goguenard.

— Merci beaucoup...

Kimberly sentit son visage s'empourprer en réalisant ce qu'elle venait de dire, ou, plus exactement, ce que Zack avait fait mine de comprendre.

— Vous savez très bien que ce n'est pas de ça que je parlais !

Il leva un sourcil ironique, mais ne fit aucun commentaire.

Kimberly rejeta ses cheveux en arrière d'un mouvement de tête, excédée.

— Vous êtes vraiment impossible !

— On me l'a déjà dit, en effet.

— Ah ça, je n'en doute pas un instant.

Elle inspira à fond, et se rendit compte qu'elle tremblait légèrement. Il était tellement… plus que ce à quoi elle s'était attendu. Tellement plus dangereux qu'aucun des hommes qu'elle ait jamais rencontrés.

Pas *physiquement* dangereux, bien sûr. Mais elle sentait s'aggraver, de minute en minute, la menace qu'il faisait peser sur son cœur.

Elle ne voulait pas s'attacher à lui. Elle ne voulait pas ressentir quoi que ce soit pour un homme dont elle savait qu'il n'était là que parce qu'on lui avait donné ordre de la protéger.

Elle savait pertinemment qu'à la seconde même où serait levée la « punition » à laquelle on l'avait condamné, il s'en irait.

Elle se trouverait alors reléguée au registre de ses souvenirs. Et il passerait à la mission suivante.

Pourtant, malgré cette certitude, une part d'elle-même avait envie de traverser la pièce, de se jeter dans les bras de Zack, et de profiter de ce qu'il avait à lui offrir. Sans se préoccuper de ce qui pourrait advenir par la suite.

Mais l'autre part d'elle-même — dont elle espérait qu'elle était plus importante et, surtout, plus censée — ne comptait pas du tout se laisser prendre à ce superbe piège.

Elle sentait, hélas, la ligne de partage entre le désir et la sagesse s'amenuiser de seconde en seconde, jusqu'à en devenir floue, presque imperceptible. Et elle savait que, si elle n'agissait pas très rapidement, il serait alors trop tard pour empêcher l'inévitable.

Elle tendit le bras, pointa le doigt vers la porte.

— Sortez, dit-elle simplement.

Il ne bougea pas d'un millimètre.

— Je ne suis pas encore entré.

« Oh, mon Dieu… »

Son cœur se mit à battre la chamade, son souffle se fit plus court.

— Il est tout simplement hors de question que vous fassiez *un seul pas* à l'intérieur de cette chambre.

Il la gratifia d'un long sourire sensuel.

— Vous avez dit que vous aviez envie de moi.

— Oh, vous savez, il y a quantité de choses dont j'ai envie, et…

— Et bien, je vais voir ce que je peux faire pour vous satisfaire.

— Zack, ça suffit !

Il s'appuya d'une main au chambranle de la porte, et Kimberly eut soudain l'impression de suffoquer. Il avança d'un pas, et elle se pétrifia.

Son regard était rivé au sien et, même dans la pénombre, elle pouvait y lire son désir, dont la force la laissa pantelante.

— Toute plaisanterie mise à part, dit-il d'une voix grave, je tiens à ce que vous sachiez que, techniquement, je ne vous ai pas menti.

Elle ouvrit la bouche pour protester, mais il ne lui en laissa pas le temps, et tendit une main vers elle pour l'empêcher de parler.

— Il est très important pour moi que vous sachiez que je ne vous mentirai jamais.

— Ah non ? Alors comment, au juste, comptez-vous m'expliquer le fait que vous vous trouvez dans *ma* chambre, alors que vous m'aviez promis de ne pas sortir de la vôtre ?

Il lui sourit avec un haussement d'épaules désinvolte.

— Reconnaissez qu'il s'agissait d'une promesse extorquée sous la contrainte.

— Sous la contrainte ? Vous ne manquez pas de culot !

— Bon, alors je vous dis la vérité : en fait, j'avais les doigts croisés, pendant que je vous parlais.

Kimberly eut un rire incrédule.

— Mais enfin, Zack, quel âge avez-vous ? Dix ans ?

— Simplement dans mon cœur, lui répondit-il avec un grand sourire.

Elle hocha la tête, affectant un air désolé, mais sans parvenir tout à fait à se retenir de sourire.

— Donc, nous sommes bien d'accord : je ne vous ai pas menti.

Kimberly scruta son regard avec intensité et vit que, malgré la note moqueuse de sa voix, il paraissait extrêmement sérieux. De toute évidence, le fait que Kimberly le croie était pour lui d'une importance extrême.

— D'accord, admit-elle en hochant la tête, je vous crois.

— Parfait.

Il fit un autre pas en avant, et s'arrêta.

— Maintenant, à propos du reste.

— Oui ?

— Je vous ai déjà dit, ce matin, qu'il faudrait que vous me le *demandiez*.

Kimberly déglutit avec difficulté et, lorsqu'elle réussit enfin à parler, elle reconnut à peine sa propre voix. Rauque, comme si elle était restée muette pendant des années et essayait seulement maintenant de recommencer à parler.

— Je sais.

Elle essayait de s'exhorter au calme. De reprendre la situation en main. Mais ça n'était pas facile, alors qu'elle défaillait littéralement de désir, qu'elle sentait ses genoux prêts à se dérober sous elle et son sang battre à ses tempes avec une violence qui lui tournait la tête.

Si elle avait la moindre parcelle de bon sens, se disait-elle, elle devrait, tout de suite, ordonner à Zack de partir. Et, cette fois-ci, avec une conviction *crédible*.

Mais, dans le même temps, une petite voix, au fond d'elle-même, lui susurrait : « Pourquoi pas ? ».

Après tout, ils étaient tous les deux adultes. Il existait entre eux une attraction réciproque indéniable. Aucun des deux ne cherchait davantage que la fin de cette tension insupportable, si lourde qu'elle en devenait presque palpable.

Et il y avait une façon très simple de résoudre ce problème. Elle n'avait qu'un seul geste à faire. Pas même un geste. Une ébauche de geste. Et ensuite, elle pourrait savourer ce que cet homme somptueux proposait de lui offrir... Et puis, lorsqu'il serait parti, reprendre le cours de sa vie, comme si jamais rien ne s'était passé, elle garderait au moins un merveilleux souvenir.

Non, se reprit-elle, ce n'était pas seulement une question de geste, ni même d'ébauche de geste. Il fallait qu'elle parle. Qu'elle fasse à Zack la demande qu'il exigeait.

Une simple phrase.

Alors, pourquoi ne la prononçait-elle pas ? Qu'est-ce qui l'en empêchait ?

Le sens des réalités. Voilà ce qui l'en empêchait.

Elle prit une profonde inspiration, avec l'espoir désespéré de réussir à se reprendre, mais, au lieu de cela, presque malgré elle, elle se mit à parler.

— Bon. Je veux bien… l'admettre.

Le regard de Zack s'assombrit, sa bouche se serra, mais il ne dit pas un mot. Il attendait, l'air attentif et interrogateur.

— J'ai, effectivement, envie de vous.

— Voilà une grande fille, murmura-t-il, et il s'avança vers elle.

— Mais…

Cet unique mot produisit l'effet que Kimberly avait escompté : Zack s'arrêta net.

— Je savais bien qu'une restriction allait suivre, grommela-t-il.

— Vous êtes peut-être devin, vous aussi ?

— Ouais, ça doit être ça.

— Il est normal qu'il y ait un « mais », Zack, murmura-t-elle, serrant la couette plus fort contre sa poitrine.

— Avec vous ? C'est sûr, ça oui.

— Et qu'entendez-vous, au juste, par cette phrase sibylline ?

Zack leva les mains devant lui, en signe d'apaisement.

98

— Ne le prenez pas mal, je vous en prie. Tout ce que j'ai voulu dire, c'est qu'avec vous il ne peut rien y avoir de facile.

Kimberly lui sourit, soulagée.

— Permettez-moi de prendre cela pour un compliment.

Un long moment s'écoula avant qu'il n'acquiesce d'un hochement de tête.

— Oui, je suppose que c'en était un.

— Alors, merci.

Elle se sentit submergée d'une onde de chaleur exquise, plus douce, plus légère que la lave brûlante qui avait envahi son corps quelques instants plus tôt.

Oui, cette flambée de désir était excitante, mais cette onde lente de chaleur douce était plus séduisante encore. Plus… enivrante.

Ce qui signifiait, pensa-t-elle alors, qu'elle se trouvait dans une situation *très* critique.

— Je suis vraiment tentée par une… simple liaison avec vous, dit-elle d'une voix hésitante.

— Je vous en prie, ma douce, laissez-vous porter par votre impulsion.

Elle inclina la tête sur le côté, et l'observa un moment sans rien dire.

— C'est ce que vous faites, vous, n'est-ce pas ? demanda-t-elle enfin.

— La plupart du temps, oui, je l'avoue.

Il saisit d'une main une des colonnes du lit à baldaquin et, à la seule lueur de la lune, elle vit ses doigts se crisper sur le bois sculpté, jusqu'à ce que les jointures de ses phalanges blanchissent.

— Eh bien, moi, non. Du moins… plus maintenant. Je l'ai fait, une fois, expliqua-t-elle, sachant que ce n'était sans doute pas ce qu'il avait envie d'entendre pour le moment. J'ai suivi mon impulsion, et cela m'a précipitée au bas d'une falaise.

— Rien n'implique que cela se passe de la même façon, cette fois-ci.

— Sans doute pas, mais...

Elle décida de continuer à parler, sans savoir précisément si c'était pour essayer d'expliquer sa décision à Zack, ou bien, plutôt, pour essayer de se l'expliquer à elle-même.

— ... Mais je ne mène pas ma vie de cette façon. J'aime les choses... organisées, ordonnées.

— Et moi, j'aime la spontanéité, l'improvisation.

— Je sais. Je dois même reconnaître, admit-elle en hochant la tête avec un sourire, que c'est ce qui fait une partie de votre charme.

Zack leva un sourcil, mais ne dit rien.

— Comment faites-vous ça ? demanda-t-elle.

— Pardon ?

— Cette façon que vous avez de soulever un seul sourcil. Ça vous a demandé beaucoup d'entraînement ?

Zack la regarda d'un regard assombri par le désir.

Elle éclata d'un rire nerveux.

— Excusez-moi, je plaisantais. Et puis, de toute façon, cela n'a aucune importance. En fait, reprit-elle d'une voix beaucoup plus grave, une part de moi-même voudrait vous dire oui.

— Et l'autre part ?

Elle poussa un gros soupir et rejeta la tête en arrière.

— L'autre part espère que vous allez quitter cette pièce rapidement, avant que la part la moins disciplinée ne prenne le dessus.

— Je vois.

Il lâcha la colonne du lit, et marcha très lentement vers elle, posant un pied nu devant l'autre.

Mon Dieu ! pensa Kimberly, le seul fait de le regarder suffisait à lui dessécher la gorge. Il était d'une beauté à couper le souffle. Et il se déplaçait avec une grâce féline. Avec une extrême prudence, aussi. Comme s'il avançait dans un champ de mines. Et peut-être, d'ailleurs, le percevait-il, lui aussi, comme cela.

Elle n'avait nulle part où reculer. Nulle part où se cacher. Et elle savait que, s'il la touchait, toutes ses belles résolutions s'envoleraient en fumée.

Enfin, Zack s'arrêta. Si près d'elle qu'elle pouvait sentir la chaleur qui émanait de son corps. Et la force de son désir, qui irradiait de lui et venait nourrir son désir à elle. L'attiser, l'embraser.

— Je pensais vraiment ce que je vous ai dit tout à l'heure, dit-il d'une voix sourde.

— Pardon ?

— Si vous voulez que je vous fasse l'amour, alors, vous allez devoir me le *demander*.

Il tendit le bras, lui caressa la joue du revers de la main, et le contact de sa peau électrisa Kimberly.

« Oh, mon Dieu », gémit-elle pour elle-même.

— Je ne peux pas. Je... n'y arriverai pas, dit-elle d'une voix sourde.

— Pas maintenant, non, je m'en rends parfaitement compte, murmura-t-il.

101

Il était si proche que son souffle caressa la joue de Kimberly, aussi doucement que sa main venait de le faire.

— Mais vous y viendrez, acheva-t-il d'une voix rauque.

Kimberly se figea, choquée un instant par son assurance. Mais elle reconnut tout aussitôt — sans bien sûr l'admettre à voix haute — que Zack avait raison. Tôt ou tard, elle allait céder. Car Zack Sheridan n'était pas homme à qui une femme pouvait longtemps résister.

Elle se redressa, serra convulsivement dans ses mains la couette qu'elle tenait contre elle.

— Il serait facile de m'abandonner à ce que je ressens pour vous.

Un coin de la bouche de Zack se releva.

— Je sens un autre « mais » arriver à la suite de cette phrase, je me trompe ?

Elle hocha la tête en souriant doucement.

— Non, vous ne vous trompez pas. Comme je vous le disais tout à l'heure, j'ai cédé à la facilité. Une fois. Et, au bout du compte, cela s'est révélé l'expérience la plus pénible que j'aie jamais connue dans toute mon existence.

— Que s'est-il passé ? demanda-t-il.

Sa voix n'était qu'un murmure, comme dans un confessionnal, et peut-être fut-ce ce murmure, ou peut-être la clarté de la lune qui baignait la pièce d'une lumière propice aux confidences, qui incitèrent Kimberly à raconter à Zack toute son histoire.

— Charles Barrington III, dit-elle, citant le nom de l'héritier d'une des plus vieilles familles de Savannah.

Zack émit un ricanement de dérision, et elle lui fut reconnaissante du peu de cas qu'il semblait faire de la célébrité de ce nom.

— Il m'a fait le grand jeu, continua-t-elle. Il passait sa vie à la maison, à courtiser mes parents, à se lier d'amitié avec mes frères. Il me couvrait de fleurs, m'emmenait au concert, au théâtre, et dans toutes les soirées où il fallait être vu. Bref, il jouait le rôle du parfait boy-friend.

— A quelle époque ? demanda Zack.

— Pardon ?

— A quelle époque est-ce que ce Charlie en question est sorti avec vous ?

— Charlie ?

Kimberly porta la main à sa bouche avec un petit rire étouffé.

— C'est vrai, je n'aurais jamais pensé à utiliser ce diminutif pour un garçon aussi solennel que Charles Barrington. Evidemment, ça fait tout de suite moins pompeux.

— N'est-ce pas ? Alors, parlez-moi de lui. Puisque, pour le moment, c'est lui qui se dresse entre nous, j'estime que vous me devez une présentation du personnage.

Le sourire de Kimberly s'effaça. Elle avait, depuis longtemps, cessé de souffrir. Mais ne s'était jamais complètement remise de la déception. De l'humiliation. De la trahison. Et ne s'en remettrait probablement jamais tout à fait.

— Il m'a demandé de l'épouser.

— Et vous avez accepté ?

— Bien sûr.

Zack eut un nouveau ricanement.

— Quoi ?

— Rien, continuez.

Kimberly haussa les épaules d'un air triste.

— Et alors, nous nous sommes fiancés. Tout le monde était enchanté de voir s'unir deux des plus vieilles familles de la région. Son père siégeait au Congrès, le mien pensait déjà à briguer un poste de sénateur.

— Et ?

— Et...

Elle détourna les yeux pour regarder, par la fenêtre, le jardin baigné du clair de lune.

— Nous assistions à un grand bal de charité, mais j'avais mal à la tête, alors j'ai cherché Charles pour lui demander de me raccompagner à la maison. Je ne l'ai pas trouvé. Il avait, apparemment, disparu depuis un bon moment, mais personne ne savait où.

Elle ferma les yeux, et revit de nouveau la grande salle du bal, brillamment éclairée par de splendides lustres de cristal. Vit les rivières de diamants scintiller aux cous des dames de la haute société. Entendit le murmure des conversations, et l'orchestre qui jouait, au fond de l'immense salle. Elle se rappela être sortie dans le parc. Elle pouvait encore sentir le parfum entêtant du jasmin, mêlé à celui de l'herbe fraîchement tondue, dans la chaleur humide de ce soir d'été.

— Que s'est-il passé, lorsque vous l'avez retrouvé ? demanda Zack d'une voix douce.

Kimberly rouvrit les yeux et, curieusement, se sentit réconfortée par la présence de Zack, malgré la légèreté de leurs tenues respectives.

— J'ai entendu des voix provenant du kiosque à musique, un peu plus loin, au milieu de la grande pelouse. J'ai marché jusque-là, et j'ai reconnu la voix de Charles.

Mais je ne parvenais pas à déterminer l'identité de son interlocutrice.

Elle se raidit, s'arrêta un instant.

— Quand je me suis trouvée assez proche, reprit-elle d'une voix sourde, à peine audible, j'ai identifié la voix d'Elisabeth Coopersmith.

Zack tendit le bras et prit la main de Kimberly dans la sienne, en un geste plein de compassion, et elle lui en fut infiniment reconnaissante. Elle avait l'impression que, par ce seul contact, il avait le pouvoir de lui transmettre un peu de sa force, de son calme, et l'aider, ainsi, à poursuivre sa confession sans trop souffrir.

Elle s'en voulait de ressentir encore avec autant de force, et si longtemps après, l'humiliation de ce moment atroce.

— Charles, continua-t-elle, était en train de consoler Elisabeth qui, apparemment, lui reprochait de ne pas être venu voir ce que le décorateur avait accompli dans l'appartement qu'il lui avait acheté, à côté de Hilton Head. Charles lui expliquait qu'il devait encore se montrer prudent, mais qu'il attendait avec impatience que la cérémonie du mariage soit passée pour pouvoir reprendre leur liaison au rythme qui était le sien, et venir la rejoindre dans ce nouveau nid d'amour.

— Le salaud, murmura Zack.

Kimberly eut un sourire triste.

— Oui, n'est-ce pas ?

— Vous l'avez frappé ?

— J'avoue que cela ne m'a même pas effleuré l'esprit, dit-elle avec un gros soupir.

— Dommage. Pourtant, je suis là pour témoigner que vous êtes d'une efficacité redoutable, quand vous décidez d'appliquer les quelques « bricoles » que vos frères vous ont apprises, remarqua-t-il en riant.

Le sourire de Kimberly s'épanouit, et le petit pincement douloureux qu'elle ressentait dans sa poitrine s'effaça, pour retourner dans l'ombre, où il demeurait en général.

— Non, ce soir-là, j'ai voulu me comporter avec dignité.

— Dommage, très dommage !

— Oui, *très* dommage, en effet. Vous voyez, vous avez réussi à me donner des regrets de ne pas avoir cassé la figure de ce salaud.

— Alors, qu'avez-vous fait à la place ? Racontez-moi un peu comment une jeune fille de la bonne société se comporte « avec dignité », comme vous dites.

— Je suis entrée dans le kiosque à musique, j'ai tendu à Charles la bague de fiançailles qu'il m'avait offerte, et je leur ai souhaité, à lui et à Elisabeth, beaucoup de bonheur pour leur vie future.

— Ma puce, permettez-moi de vous dire qu'ils s'en sont tirés à bon compte.

— Pas autant que vous le pensez. Charles a épousé Elisabeth et, croyez-moi, depuis, il le paye très cher, chaque jour que Dieu fait.

— Ensuite, vous avez tourné les talons, et vous êtes rentrée chez vous ?

— Hélas, non. La situation s'est quelque peu… dégradée. Charles a tenu à m'expliquer qu'il avait décidé de m'épouser pour ma fortune, et que c'était uniquement l'importance de celle-ci qui lui avait permis de supporter une fille aussi… réfrigérante que moi, acheva-t-elle d'une voix altérée par l'émotion.

Puis elle releva la tête, comme pour défier ce vieux souvenir.

— Elisabeth, bien sûr, s'est mise de la partie. Sur un ton très vindicatif.

— Elle aussi en voulait à votre argent, je suppose. Elle a donc dû se trouver très dépitée de voir s'envoler ses plans d'avenir si minutieusement mis au point.

— Oh, elle aussi appartenait à une famille fortunée, mais…

— Pas aussi fortunée que la vôtre, c'est bien cela ?

— Exactement.

— Curieux, je n'aurais jamais imaginé qu'il puisse exister des magouilles aussi méprisables entre des gens appartenant à un même monde.

Kimberly eut un petit sourire fatigué.

— Et pourtant, si vous saviez…

Zack se sentait furieux et frustré à la fois.

Furieux contre l'ignoble individu qui avait ainsi traumatisé Kimberly. Et frustré de ne pouvoir aller lui casser la figure, pour que ce malotru se souvienne longtemps — très longtemps — de la blessure indélébile qu'il avait infligée à Kimberly. Qui, elle, l'avait aimé, au point d'accepter d'unir sa vie à la sienne pour le reste de ses jours.

Mais Zack savait que, bien sûr, il ne pourrait jamais rien faire de tel. Charles Barrington III était, et serait toujours, hors de sa portée. Kimberly, en revanche, se trouvait là. Tout près de lui. Et la tristesse douloureuse qu'exprimait son regard le troublait infiniment plus qu'il n'aurait cru possible. Et réveillait en lui un sentiment dont il avait, depuis une éternité, oublié l'existence.

La tendresse.

— Ce pauvre Charlie m'apparaît vraiment comme l'archétype du minable, fulmina-t-il d'une voix sourde. Comme quoi, la naissance avec une cuillère d'argent dans la bouche n'a jamais garanti la noblesse de cœur.

— C'est vrai.

— Alors, je vous en prie, chaque fois que vous repensez à tout ce que ce sale type a bien pu vous dire, remettez-le en perspective.

— Oh, c'est ce que j'essaye de faire. Et j'y parviens d'ailleurs... la plupart du temps.

— Le malheureux est passé complètement à côté de la plaque. Et tant pis pour lui, ma belle.

Il sourit lorsqu'il vit Kimberly pincer les lèvres. Elle détestait vraiment qu'il l'appelle autrement que par son prénom. Mais à ce moment précis, il faisait exprès de l'agacer sur ce point, pour lui faire penser à autre chose qu'à ces souvenirs qu'elle venait de revivre pour lui.

Il se pencha vers elle, et lui entoura le visage de ses deux mains, caressant doucement, du bout des doigts, ses pommettes délicates.

— Réfrigérante, vous ? Croyez-moi, chérie, il n'y a rien de froid chez vous, reprit-il d'une voix rauque, luttant avec difficulté pour essayer de refouler son propre désir. Et si ce débile de Charlie n'a pas trouvé le feu qui est en vous, c'est sans doute parce que lui-même n'avait pas de quoi l'allumer.

Kimberly frémit sous ses mains, et Zack sentit ce frémissement se transmettre dans tout son corps à lui.

Oh oui, Kimberly possédait quelques armes redoutables. Bien que, de toute évidence, elle n'ait même pas conscience de les posséder.

— Zack..., murmura-t-elle dans un soupir.

— Moi, l'interrompit-il rapidement, et toute modestie mise à part, je sais comment allumer un feu. Et je pense, très sincèrement, que le feu qui couve en vous n'attend qu'une minuscule étincelle pour s'embraser.

Kimberly hocha lentement la tête, désemparée par l'intensité des sensations qu'éveillaient en elle les paroles de Zack, tandis qu'il continuait à lui caresser doucement le visage.

Pourtant, elle le savait, ils n'allaient pas faire ensemble ce dont elle avait tellement envie. Du moins, pas ce soir.

— Je ne peux pas, murmura-t-elle.

— Je le sais, Kimberly. Ne vous affolez pas, je respecte votre volonté. La seule chose que je tiens absolument à vous faire comprendre, c'est que ce pauvre type me paraît vraiment très incompétent en termes de référence, et que, par conséquent, vous ne devez en aucun cas laisser son opinion influencer le jugement que vous portez sur vous-même.

— Non, je ne le fais pas. Ou, plus exactement, je ne le fais plus. Depuis peu.

— Bien.

— Vous n'êtes pas du tout… ce à quoi je m'attendais, dit-elle, d'une voix hésitante.

— Ah, bon ?

Il glissa ses mains dans ses cheveux soyeux pour les lui écarter du visage, s'émerveillant de leur douceur. Il avait envie de l'attirer vers lui, de la serrer à l'étouffer, et de l'embrasser jusqu'à ce qu'aucun d'eux ne puisse plus penser.

— Et alors, demanda-t-il d'une voix rauque, c'est une bonne ou une mauvaise chose ?

Elle exhala un long soupir, puis se mordilla la lèvre inférieure d'un air préoccupé.

— Je pense surtout que c'est dangereux.

Il eut un petit rire, malgré sa terrible tension.

— Quelle chance pour vous, dans ce cas, d'avoir un homme comme moi dans la maison. Il n'y a rien qui me plaise davantage que le danger.

— Quelle chance pour moi, en effet, répéta-t-elle, avec un sourire un peu désabusé.

Elle leva les yeux vers lui, ses remarquables yeux verts, au fond desquels Zack pouvait lire ses émotions et ses rêves les plus intimes. Et dans lesquels il voyait aussi le reflet de son propre visage.

En fait, il ne savait plus vraiment où il en était. Une part de lui-même voulait tourner les talons pour courir se mettre à l'abri. Parce qu'il n'avait pas du tout prévu de faire un jour partie des rêves de qui que ce soit. Et qu'il ne savait pas s'il le méritait. Ni même s'il saurait s'en montrer digne.

Et pourtant, pensa-t-il, s'il existait sur terre une seule femme susceptible de lui donner envie d'essayer…

— Je… Je vais retourner dans ma chambre, dit-il, étonné lui-même d'avoir réussi à prononcer une phrase.

Kimberly hocha la tête en reculant d'un pas, et Zack laissa retomber ses bras le long de son corps.

— C'est sans doute plus prudent, oui, murmura-t-elle.

— Sans doute, répéta-t-il avec un sourire résigné. Mais, hélas, pas le plus amusant.

Il recula d'un pas, lui aussi, espérant qu'elle ne pouvait se rendre compte de l'effort que représentait pour lui le fait de lui tourner le dos, et de quitter la pièce.

Kimberly répondit à son sourire.

— Probablement pas, dit-elle.

— Je ne suis pas comme ce type, vous savez, dit Zack d'une voix sourde. Je me fiche pas mal de votre fortune, de votre famille et de votre « statut social ».

Elle eut un rire cristallin, qui résonna dans la nuit, comme les mobiles qu'elle avait accrochés dehors, à sa fenêtre, et qui tintinnabulaient gaiement, au plus léger souffle de vent.

— Rassurez-vous, dit-elle, je m'en rends très bien compte.

— Alors c'est parfait.

Il recula d'un autre pas, puis encore d'un autre, jusqu'au moment où il atteignit la porte de la chambre.

— A propos... il y a tout de même une chose que vous pourriez faire pour moi, demanda-t-il, une main sur la poignée de la porte, prêt à la refermer sur Kimberly pour retourner dans sa chambre. Seul.

— Bien sûr, de quoi s'agit-il ?

Le regard de Zack descendit jusqu'à la couette que Kimberly tenait encore serrée devant elle, comme un bouclier des temps anciens.

— Voilà... Une question m'obsède depuis que j'habite chez vous : je voudrais savoir ce que vous portez pour dormir.

Kimberly écarquilla des yeux surpris et, l'espace d'un bref instant, Zack y vit une lueur d'excitation.

— Je ne sais pas si vous répondre soit une très bonne idée.

— Vous avez peut-être raison.

Elle demeura un moment silencieuse, réfléchissant sans doute à ce qu'il venait de dire. Et cela laissa à Zack le temps d'imaginer quantité de possibilités, toutes plus séduisantes les unes que les autres.

Puis Kimberly remua la tête, ce qui écarta de son visage une longue mèche brune.

— Pourquoi ne laissez-vous pas plutôt tout cela à votre imagination ?

Zack n'aurait pu dire s'il se sentait déçu, ou plutôt soulagé.

Oh, bien sûr, il aurait adoré pouvoir jeter un coup d'œil derrière cette fichue couette. Mais il reconnaissait aussi que, s'il le faisait, cela lui rendrait l'éventualité de s'endormir encore plus problématique que cela ne l'était déjà.

— Oh, Kimberly ! murmura-t-il en riant, c'est précisément mon imagination qui me met à la torture.

— Bonne nuit, Zack...

— Cela m'étonnerait, grommela-t-il, avec un hochement de tête résigné.

Puis, réunissant, dans un effort, les ultimes parcelles de volonté qui lui restaient encore, il referma lentement la porte derrière lui.

8.

Dire que, dans la maison de Kimberly, la situation était devenue tendue relevait d'un euphémisme. Et aurait à peu près équivalu à décrire l'Everest comme une jolie petite colline.

Trois longs jours s'étaient écoulés depuis que Kimberly et Zack s'étaient retrouvés face à face, éclairés par un rayon de lune, et seulement séparés l'un de l'autre par une couette à petites fleurs roses.

Et, depuis cette nuit-là, chaque minute de chaque journée, Kimberly avait pensé à ce qu'elle s'était refusé en repoussant Zack.

L'attitude de ce dernier ne faisait d'ailleurs rien pour arranger les choses. Elle sentait qu'il l'observait. Elle sentait son regard sur elle, aussi sûrement qu'elle aurait senti s'il l'avait touchée.

Il n'avait pas, depuis, refait la moindre allusion à ce qu'ils s'étaient dit cette nuit-là. Ni, non plus, esquissé la moindre tentative d'approche.

Kimberly aurait été incapable de décider si elle lui en était reconnaissante, ou non. Et, bien sûr, cette incapacité à choisir entre deux sentiments, pourtant si contradictoires, ajoutait encore à son exaspération contre elle-même.

Elle ressentait dans tout son être une nervosité extrême, comme si chaque cellule de son corps avait été chargée en électricité.

En fait, elle se sentait un peu comme une équilibriste, en train de marcher, à vingt mètres du sol, sur un filin d'acier qui aurait séparé le désir de la logique : d'un côté, son cerveau lui répétait que cet état de choses allait finir par passer, tandis que, de l'autre, son corps espérait le contraire, et savourait chaque frémissement, chaque bouffée de désir…

Une situation qui présentait, hélas, un inconvénient majeur pour tous les deux. Ni Kimberly ni Zack ne s'en trouvait satisfait — et encore moins épanoui.

— Quelle calamité, marmonna Kimberly pour elle-même, de s'apercevoir — à l'âge de vingt-huit ans — qu'on est atteint de schizophrénie !

— Vous avez dit quelque chose ? demanda Zack.

— Non, non, répondit vivement Kimberly, mortifiée de se rendre compte qu'elle venait de s'exprimer à voix haute.

Elle tourna la tête vers la fenêtre de la voiture côté passager, et s'appliqua à regarder — d'un air qu'elle espérait détaché — le paysage qui défilait autour d'eux.

— Expliquez-moi donc, de nouveau, en quoi va consister cette soirée. demanda Zack.

Kimberly le regarda, et réprima de justesse un soupir d'admiration : Zack, en uniforme d'apparat, lui paraissait encore plus somptueux que d'habitude. Même à la faible lueur du tableau de bord, il était irrésistible.

Elle l'avait déjà trouvé séduisant en jean et T-shirt, mais là, dans son uniforme blanc… elle devait s'accrocher à son accoudoir pour exercer sur elle-même un violent effort de self-control, et ne pas lui demander, d'une voix rauque de désir : « Je vous en supplie, embrassez-moi passionnément et faites de mon corps tout ce que vous voulez. »

Elle déglutit avec difficulté, et toussota pour se donner une contenance.

— C'est supposé être une soirée de fiançailles pour mon frère Reid et sa fiancée Tina.

Au moment même où elle prononçait ces paroles, elle se rendit compte que, au cours de ces derniers jours — depuis l'irruption dans sa vie de Zack —, elle avait oublié jusqu'à l'existence de son propre frère et des problèmes que rencontrait son père. Quelle pitoyable sœur et fille elle faisait…

— Pourquoi dites-vous « supposé » ? Ce n'est pas une simple réunion de famille ?

— Oh non, répondit-elle avec un petit rire, pas vraiment. Il s'agit plutôt d'une réception classique… enfin, comme les Danforth conçoivent ce genre de réception.

— Ah oui ? Et comment les Danforth conçoivent-ils les « réceptions classiques », comme vous dites.

— Très simple : on invite le ban et l'arrière-ban de la société de Savannah, ce qui finit par faire pas mal de monde !

Kimberly se rappelait avoir assisté à un nombre considérable de ces réceptions mondaines. Magnifiques, certes, mais toujours bien trop formelles à son goût.

Dès leur plus jeune âge, les enfants Danforth avaient été éduqués à faire une apparition aux soirées de leurs parents. Ils se présentaient donc, impeccablement habillés, parfaits dans leur rôle d'enfants modèles de la bonne société, faisaient un rapide tour de tous les invités avec

115

un sourire poli — et, plus tard, un baise-main pour ses frères, et une révérence pour Kimberly — et s'éclipsaient ensuite pour retrouver leur gouvernante, et se faire servir leur dîner dans leurs chambres.

Même les soirées d'anniversaire s'étaient transformées en soirées de relations publiques : tandis que des clowns professionnels amusaient les enfants, les parents parlaient investissements, fusions, acquisitions...

Ce soir, Kimberly le savait, les choses allaient se dérouler exactement de la même manière.

— Etant donné que papa brigue un poste de sénateur, vous pensez bien qu'il va profiter de l'occasion pour lever des fonds, et s'assurer un maximum de publicité, continua-t-elle. Donc, tout ce que la Géorgie compte comme gens influents et fortunés assistera à cette soirée. Il y aura aussi des journalistes, avec, sans doute, quelques caméras de télévision.

Zack lui jeta un rapide coup d'œil, avec un sourire complice.

— Si je comprends bien, je ne dois pas m'attendre à un petit barbecue sympa entre amis, dans le jardin derrière la maison.

Kimberly éclata de rire, et cela dissipa quelque peu sa propre tension, à l'approche de l'épreuve qui l'attendait.

Elle avait beau adorer sa famille, elle avait toujours détesté les grandes réceptions, où elle s'était toujours sentie en représentation. Elle ne trouvait franchement aucun plaisir à raconter des banalités à des gens avec lesquels elle n'avait pas d'intérêt commun et que, de toute façon, elle ne reverrait jamais en dehors de ce genre de réception. Elle n'aimait pas devoir arborer, pendant des

116

heures, un sourire artificiel, tout en tenant à la main un verre de champagne auquel elle touchait à peine.

Elle s'était toujours sentie mal à l'aise au milieu de la foule et, malgré le nombre incalculable de fois où elle avait assisté à ce genre de réception, elle éprouvait toujours la même envie de fuir.

— Désolée de vous décevoir, mais aucune chance du côté du barbecue, dit-elle d'un ton enjoué. En revanche, on pourra toujours faire une virée dans les cuisines.

Elle lui posa une main sur l'avant-bras, en un geste amical.

— Joyce, la cuisinière, a des pouvoirs magiques, expliqua-t-elle. Et je suis certaine qu'elle pourra nous dénicher une bière quelque part.

— Vous avez bien dit « nous » ? demanda Zack en souriant.

Il détacha sa main gauche du volant pour la poser sur celle de Kimberly.

— Dois-je comprendre qu'une nuit de beuverie avec mon groupe d'amis a détourné vos goûts aristocratiques pour le champagne et les cocktails sophistiqués ?

Le contact de la main de Zack sur la sienne généra aussitôt en Kimberly une chaleur qui lui pénétra la peau, et se répandit dans tout son corps en une onde exquise.

A regret, elle détacha pourtant sa main de celle de Zack, parce que l'intensité de sa propre réaction commençait à la troubler.

— Pas tout à fait, non, répondit-elle à la question qu'il venait de lui poser. Mais je dois avouer que j'ai beaucoup apprécié notre soirée bière-pizza.

— Nous avons encore le temps de rebrousser chemin, pour aller à la pizzeria Pinto. C'est un endroit que je

pratique très souvent et que je vous recommande chaleureusement.

— Soyez charitable, protesta-t-elle avec un énorme
soupir. Ne me tentez pas. Il est malheureusement hors
de question que je n'assiste pas à cette réception. Cela
créerait un incident diplomatique dont je n'aurais, croyez-
moi, pas fini d'entendre parler…

— D'accord, je n'insiste pas, concéda Zack en lui jetant
un rapide coup d'œil.

Dans la faible lumière du tableau de bord, avec, par
moments, l'éclat passager des phares des voitures qui
les croisaient, elle lui paraissait tendue à l'extrême. Très
proche de son point de rupture.

Il percevait l'anxiété qui émanait d'elle. Qu'elle en
eut conscience ou non, Kimberly était, en ce moment
précis, en train d'ériger des barrières entre eux. Ou,
plus exactement, en train de surélever les barrières qui
existaient déjà.

Plus ils approchaient de la résidence familiale, plus
elle semblait se renfermer sur elle-même. Comme si, en
fait, elle était peu à peu en train de devenir une personne
différente, abandonnant la jeune femme détendue qui
avait demandé à ses trois amis de l'appeler Kim, pour
redevenir Melle Kimberly Danforth, l'héritière d'une des
familles les plus influentes de Géorgie. Une jeune femme
qui n'aurait probablement jamais envisagé — ne serait-
ce que quelques jours auparavant — l'éventualité d'aller
dîner avec lui dans une pizzeria de quartier. Alors que
là, ce soir, de toute évidence, elle regrettait sincèrement
de ne pouvoir le faire, au lieu d'aller assister à l'une de
ces sacro-saintes réceptions familiales.

118

— Nous arrivons, dit-elle soudain. Vous allez bientôt pouvoir tourner à droite.

Il entendit que sa voix était encore montée d'un cran.

Il vit en effet, un peu plus loin sur la droite, un haut portail en fer forgé, sous lequel il passa pour s'engager dans une longue allée bordée d'arbres. La lune, à travers les branches, éclairait le paysage alentour, comme dans un décor de théâtre, accentuant encore la majesté des arbres centenaires, et nimbant l'ensemble d'un halo mystérieux… presque inquiétant.

— Impressionnant, murmura Zack.

— Et vous n'avez encore rien vu, dit Kimberly avec un petit soupir désabusé.

— Je suppose que ça devait terriblement intimider tous vos petits copains, à l'époque du collège.

— Je suppose que ça aurait pu les intimider, en effet. Et encore eût-il fallu, pour cela, que j'aie des petits copains.

Zack vit ses doigts se crisper, jusqu'à ce que leurs jointures blanchissent.

— Mais j'ai fait toutes mes études dans un collège de filles. En Suisse. Alors, côté sentimental, c'était plutôt limité.

— Donc, vous vous défouliez en faisant des batailles de polochons, n'est-ce pas ? demanda-t-il en souriant, pour essayer de la dérider.

Il vit les commissures de ses lèvres se relever légèrement, et il en éprouva une fierté stupide.

— Vous croyez que tous les garçons pensent comme vous ? demanda-t-elle.

— Je l'ignore, reconnut-il en riant, mais en tout cas, moi, je suis doté d'une heureuse nature.

Tout à coup il donna un violent coup de frein et Kimberly se trouva projetée en avant, puis, arrêtée par la ceinture de sécurité, elle revint percuter brutalement le dossier de son siège.

— Que se passe-t-il ? s'alarma-t-elle.

— Vous ne vous êtes pas fait mal ? demanda Zack tout en détachant sa propre ceinture avant d'ouvrir sa portière.

— Non, je vais bien, merci. Mais que s'est-il passé ?

— Vous n'avez pas vu le chien qui traversait ?

— Ah, il doit s'agir de Rack. C'est un chien errant qui adore venir quémander les restes dans la cuisine. Et comme la cuisinière adore les animaux, elle ne se fait pas prier pour le chouchouter. Même si mon père n'est absolument pas d'accord !

— Bon, je vais juste voir s'il va bien, commenta Zack.

Il sortit de la voiture et revint quelques instants plus tard en secouant la tête.

— Je ne l'ai pas vu, je suppose qu'il a filé comme un lapin.

Kimberly regarda sa montre à la lueur du tableau de bord.

— Je vous en prie, murmura-t-elle, continuons notre chemin, nous allons être en retard et mon père déteste si tout le monde n'est pas à l'heure.

Zack tourna la clé de contact et démarra la voiture.

Il hocha la tête avec un sourire amusé, et jeta un dernier coup d'œil derrière lui

— Ne vous inquiétez pas, je ne laisserai pas votre père vous gronder !

La soirée se déroulait exactement de la manière dont Kimberly l'avait prévu. On entendait la musique de l'orchestre, par-dessus le bruit modéré des conversations de gens bien élevés. Les invités déambulaient, une flûte de champagne à la main, dans la grande salle de réception au sol dallé de marbre, ou dans la bibliothèque, dont les murs étaient couverts jusqu'au plafond de rayonnages chargés de livres anciens, et où l'on avait allumé un feu, dans la haute cheminée de bois sculptée. Quelques personnes se tenaient également dans le salon de musique où trônait un magnifique Steinway, devant lequel un pianiste jouait une mélodie au diapason de ce que jouait l'orchestre dans le grand salon.

Des dizaines de serveurs gantés de blanc se frayaient un chemin au milieu de la foule des invités, portant de grands plateaux en argent chargés de flûtes de champagne, ou d'assortiments de petits-fours raffinés.

Kimberly se dirigea tout de suite vers le grand salon, souriant poliment aux gens devant lesquels elle passait, mais, surtout, très consciente de la main de Zack posée au bas de son dos.

Elle percevait la chaleur de ses doigts, à travers la soie de sa robe, comme une brûlure exquise sur sa peau.

Et la sensation exacerbée qu'elle avait de la proximité de Zack lui rappela que, ce soir, elle n'était pas seule. Qu'elle ne serait donc pas réduite à se terrer dans un coin, et que, par conséquent, les plantes vertes allaient devoir se trouver quelqu'un d'autre pour leur tenir compagnie.

— Et bien, ça en fait du monde pour une réunion de famille, commenta Zack à voix basse.

Il s'était penché pour lui parler à l'oreille, et la sensation de son souffle chaud sur sa nuque fit frissonner Kimberly. Elle leva les yeux vers lui, et déglutit avec difficulté. Il se trouvait si près...

Mais elle se ressaisit et reprit — mentalement — ses distances.

— Je vous l'ai expliqué tout à l'heure : chez les Danforth, aucune réunion de famille ne se limite jamais à la famille proche.

Zack fit glisser sa main autour de sa taille pour venir la poser sur la courbe de sa hanche, et elle se figea, retenant sa respiration un bref instant, avant d'expirer de nouveau, très lentement.

Elle surprit, braqué sur elle, le regard envieux de plusieurs femmes, et savoura avec d'autant plus d'intensité la sensation de la main de Zack sur son corps.

Il était grand, il était beau, il avait une classe folle dans son uniforme blanc, et, pour ce soir du moins, il était tout à elle.

Ils s'arrêtèrent sur le seuil du grand salon, et Kimberly perçut la soudaine tension de Zack. Comment aurait-elle pu l'en blâmer ? Même elle, qui avait pourtant été élevée à Crofthaven Manor, trouvait encore le grand salon impressionnant.

Cette pièce immense, aux murs tendus de moire bleu pâle, abritait une inestimable collection de tableaux, amassés au fil des ans par les différentes générations de Danforth.

Au printemps et en été, les grandes portes-fenêtres du mur du fond étaient ouvertes et laissaient entrer le parfum entêtant des roses et des jasmins du parc. Mais en février, même à Savannah, il faisait encore beaucoup trop froid pour laisser les portes même entrebâillées.

Les bougies des grands chandeliers en cristal éclairaient la foule de lueurs dansantes, faisant scintiller les diamants qui ornaient le cou des généreuses donatrices en faveur de la campagne électorale du futur sénateur. Quelques couples élégants dansaient au rythme de la musique jouée par l'orchestre, mais la plupart des invités avaient pris place à des petites tables disposées autour de la piste de danse.

— Vous connaissez tous ces gens ? demanda Zack, visiblement impressionné.

— Non, loin de là. Quelques dizaines, tout au plus. Vous voyez là-bas, à droite, le grand type en costume marine qui tient par la taille une jeune femme toute menue, à la magnifique chevelure ? C'est mon frère Reid et sa fiancée Tina.

— Ah, oui.

— A côté d'eux, continua Kimberly, ce sont Ian, Adam et Marcus, mes trois autres frères.

— Superbe famille.

— Merci. Un peu plus à gauche, au milieu de la piste de danse, le grand homme aux cheveux poivre et sel qui fait tourbillonner la petite femme en rouge, c'est mon cousin Jacob.

— Il a l'air de bien s'amuser, remarqua Zack en souriant.

— Oui, Jacob est doué pour le bonheur. Il est à l'aise n'importe où, dit Kimberly, avec un petit soupir d'envie.

Zack lui prit la main, et la glissa au creux de son propre bras.

— Alors, dites-moi, que fait-on maintenant ? demanda-t-il.

— Je suppose qu'on devrait commencer par saluer mon père, répondit Kimberly, balayant du regard la foule des invités.

Elle eut tôt fait de repérer Abraham Danforth, à l'extrémité du salon, en grande discussion avec un groupe de trois personnes. Même à cette distance, elle vit qu'il semblait contrarié, et elle en éprouva aussitôt une certaine inquiétude : si son père ne souriait pas, au cours d'une soirée destinée à lever des fonds pour sa campagne, cela signifiait qu'il y avait un sérieux problème.

Elle indiqua Abraham Danforth à Zack, qui hocha la tête et la conduisit vers son père, se frayant un chemin à travers la foule des invités. Kimberly essaya de tromper son anxiété grandissante, en se concentrant sur la sensation du bras musclé de Zack sous sa main.

Cela la rassura. Un peu.

Au moment où ils arrivaient près du petit groupe, elle entendit la voix généralement autoritaire de son père réduite à un grondement rauque, à cause des efforts qu'il semblait faire pour rester discret.

— Je me fiche pas mal de ce qu'ils disent, je ne le tolère pas, déclara-t-il au plus grand des trois hommes.

Kimberly ne reconnaissait aucun des trois, mais cela ne voulait rien dire : elle avait toujours vu, dans les réceptions que donnaient ses parents, un grand nombre de gens qui lui étaient parfaitement inconnus. En revanche, ce qui l'inquiétait, c'était la dureté du regard de l'homme auquel son père s'adressait.

— Je vous assure que…, commença-t-il.

Kimberly décela dans sa voix un accent, dont elle ne réussit pas tout de suite à placer l'origine. De l'espagnol, peut-être ?

Mais Abraham Danforth interrompit son interlocuteur.

— Non, dit-il sèchement, je vous l'ai déjà dit, et je vous le répète : je ne *tolère pas* que l'on puisse menacer ma famille. Est-ce bien clair ? Donc, je vous préviens, si mon fils Ian se trouve encore *une seule fois* l'objet de pressions, je vais prendre les choses en main personnellement, et vous allez voir de quel bois je me chauffe. Vous m'avez bien compris ?

L'homme blêmit et se redressa, visiblement surpris par la violence de la réaction d'Abraham Danforth.

— *Si*, répondit-il entre ses dents serrées.

Sans laisser le temps à Kimberly de s'avancer vers son père, Zack lui murmura « Ne bougez pas », et s'avança vers Abraham Danforth.

— Je peux vous aider en quoi que ce soit, monsieur ? demanda-t-il à celui-ci, tout en toisant ses trois interlocuteurs d'un regard menaçant.

Abraham Danforth lui jeta un rapide coup d'œil.

— Merci, tout va bien, lui dit-il avec un hochement de tête approbateur, avant de se tourner de nouveau vers l'homme auquel il s'était adressé auparavant.

— De toute façon, monsieur et moi en avions fini, n'est-ce pas, *señor* ?

L'homme répondit d'un bref signe de tête.

— Parfait, conclut Abraham Danforth. Alors, merci d'être venu. Et désolé que vous deviez repartir si vite.

Il leva la main gauche, fit un signe du doigt, et, presque instantanément, deux hommes massifs et à la mine patibulaire, se présentèrent à ses côtés.

— S'il vous plaît, raccompagnez ces messieurs dehors, leur dit le père de Kimberly.

— Bien, monsieur Danforth, répondit l'un des deux hommes — sans aucun doute des gardes du corps — avant de se tourner vers les trois étrangers, qui, de toute évidence, n'appréciaient pas du tout d'être congédiés aussi brutalement.

— Par ici, messieurs, je vous prie, dit le garde du corps.

Kimberly s'approcha de son père.

— Que se passe-t-il, papa ? lui demanda-t-elle, d'une voix altérée par l'angoisse.

Abraham Danforth marqua un court temps de silence, avant que Kimberly ne voie son visage s'éclairer, comme lorsque de gros nuages d'orage se dissipent, pour céder la place à un beau ciel clair et ensoleillé.

— Kim, ma chérie ! Tu es vraiment ravissante, ce soir.

Puis il se tourna vers Zack, et lui tendit la main.

— Vous devez être Zack Sheridan, n'est-ce pas ? Vous ressemblez tellement à votre père, il y a dix ans. Enchanté de vous rencontrer.

— Papa, je t'en prie, dit Kimberly, en posant sa main sur l'avant-bras de son père. Au diable les présentations ! Explique-moi plutôt ce qui se passe.

— Rien qui mérite que tu t'en inquiètes, je t'assure. En tout cas, Sheridan, merci de m'avoir proposé votre assistance.

— Je vous en prie, répondit Zack avec un sourire, simple question de solidarité entre marines.

— Oh, ma période militaire est, hélas, révolue depuis bien longtemps, dit Abraham avec un soupir.

— Un marine reste pour toujours un marine.

Le visage d'Abraham s'éclaira d'un large sourire.

— En effet, commandant Sheridan, en effet.

— Bien, les interrompit Kimberly d'un ton agacé, si toutefois vous avez terminé votre petite cérémonie d'anciens combattants, peut-être accepteriez-vous maintenant d'accorder un instant à la faible femme que je suis ?

Son père se tourna vers elle avec un froncement de sourcils réprobateur.

— Je t'en prie, Kimberly, pas de démonstration de mauvaise humeur le soir des fiançailles de ton frère.

— Voyons, papa, qui espères-tu duper ? Reid ne connaît même pas la moitié de ces gens !

— Il n'empêche que cela reste tout de même sa soirée de fiançailles. Alors, s'il te plaît, ne l'oublions pas.

— Mais pourquoi, à l'instant, parlais-tu d'Ian ?

Le froncement de sourcils d'Abraham s'accentua.

— Je t'en prie, Kimberly, parle à voix basse. Ton frère a reçu des menaces, émanant d'un magnat colombien de la drogue. Mais j'ai réglé le problème.

— Un magnat colombien de la drogue ? répéta Kimberly, les yeux écarquillés de stupeur. Mais...

— Kimberly, je t'en prie, la coupa son père, à présent tout à fait exaspéré.

Il se tourna vers Zack.

— Commandant Sheridan, emmenez donc ma fille danser, intima-t-il d'un ton péremptoire.

— J'en serai ravi, monsieur, répondit Zack.

Il saisit la main de Kimberly et l'entraîna vers la piste, sans lui laisser le loisir de protester.

— Allons, venez, lui murmura-t-il en la conduisant vers la piste de danse. Inutile de se lancer dans une bataille que l'on n'a pas la moindre chance de remporter.

Kimberly le toisa, fulminante de colère.

— En voilà une déclaration surprenante, de la part d'un homme habitué à se battre !

Il l'attira contre lui d'un geste brusque, et la serra dans ses bras.

— Voyons, ma puce, vous n'êtes pas un militaire, n'est-ce pas ? Alors, croyez-moi, laissez tomber. Votre père, de toute évidence, n'a aucune envie de s'étendre sur la question, et vous ne réussirez sûrement pas à le faire changer d'avis.

— Mais...

— Ah, ma belle ! Il y a toujours un « mais », avec vous, hein ? dit-il avec un sourire amusé.

Il commença à danser, en suivant la musique de l'orchestre, les yeux plongés dans ceux de Kimberly.

— Allons, ma douce, faites-moi ce plaisir : pour une fois, laissez-vous faire, et contentez-vous de danser avec moi.

Elle ouvrit la bouche pour protester, puis se ravisa, et la referma sans rien dire.

— Ça vous a été difficile, n'est-ce pas ? murmura-t-il d'un ton d'ironie affectueuse.

— Plus encore que vous ne le pensez, admit-elle, tout en venant poser sa main gauche sur la superbe épaule de Zack, pour le laisser la guider.

— Alors, je vais vous dire quelque chose qui devrait vous changer les idées.

— Quoi ?

— Vous êtes superbe, ce soir. Ce fourreau vous va à ravir.

Kimberly cligna des yeux, et Zack lut l'incrédulité dans son regard.

— Rappelez-vous, murmura-t-il, je ne mens jamais.

Elle hocha lentement la tête, les yeux rivés aux siens.

— Merci, dit-elle d'une voix sourde.

— Je vous en prie.

Il la serra plus étroitement contre lui, appuyant doucement sa main sur sa nuque pour qu'elle vienne poser sa tête au creux de son épaule.

C'était vrai qu'elle était superbe, dans ce sobre fourreau noir, dont le tissu fluide mettait en valeur ses courbes voluptueuses.

Elle portait des escarpins noirs, à talons aiguilles, qui affinaient encore la ligne de ses longues jambes. La simplicité de cette tenue, associée à la beauté de ses longs cheveux noirs qui lui descendaient jusqu'au milieu du dos, accentuait encore son élégance sobre, sa classe naturelle de jeune fille de la bonne société.

Autour d'eux, les couples dansaient au rythme de la musique, tandis que, sur le pourtour de la piste de danse, les conversations suivaient leur cours. Des affaires se traitaient, des accords se concluaient, des promesses s'échangeaient. Des mensonges aussi...

Mais Zack avait l'impression que Kimberly et lui étaient seuls au monde. Juste tous les deux. Enlacés.

Il sentait les battements du cœur de Kimberly contre son torse, et savourait le contact de ses jambes qui frôlaient les siennes. Ses cheveux lui caressaient la main, et il devait exercer un terrible contrôle sur lui-même pour s'empêcher d'enfouir ses doigts dans cette masse soyeuse, pour attirer le visage de Kimberly vers le sien.

Il inspira à fond pour s'exhorter au calme, huma le parfum fleuri de ses cheveux, et sut qu'il était perdu.

Il avait envie de cette femme. Envie d'être en elle. Envie à en crier.

Et il ne pensait pas qu'il aurait la patience d'attendre qu'elle vienne à lui de son plein gré.

Un homme élégant, sensiblement plus âgé qu'eux, s'avança pour inviter Kimberly à danser, et Zack s'écarta à regret. Il la regarda se lancer dans une valse, observant la grâce de ses mouvements, la féminité de sa silhouette, l'élégance de son port de tête. Il rencontra son regard et elle lui sourit, par-dessus l'épaule de son cavalier, et il s'accrocha à ce sourire pour supporter cette réception mondaine, qui correspondait si peu à son style de vie et se trouvait à des années-lumière de sa conception d'une agréable soirée entre amis.

Il se sentait mal à l'aise, au milieu de tous ces gens visiblement aussi riches que puissants. Mais, en fait, ce qui le gênait le plus, c'était de se rendre compte que Kimberly évoluait ici dans son milieu naturel. Elle avait été élevée dans ce monde privilégié. Et ils appartenaient tous les deux à des univers si éloignés l'un de l'autre qu'il aurait aussi bien pu s'agir de deux planètes différentes.

Malgré tout, il n'arrivait pas à détacher le regard de sa silhouette fine.

Elle se déplaçait au milieu des invités, avec une grâce et un naturel qu'il admirait d'autant plus qu'il savait à quel point elle se sentait, elle aussi, mal à son aise dans ce genre de réception. Il la voyait saluer chacun, amis, simples relations, ou encore parfaits inconnus, avec le même sourire gentil, la même attention polie, et il se sentait fier d'elle.

Il y eut quelques discours, dont l'un, bien sûr, du maître de maison, et Zack les écouta, avec une patience digne d'éloges.

Mais, après plus d'une heure de sourires crispés, et de considérations ineptes sur la vie militaire, Zack commença à sentir sa patience enregistrer une baisse sensible.

Il traversa donc la piste de danse pour aller arracher Kimberly aux bras d'un autre vieux gentleman sudiste, et l'entraîna dans un coin de la pièce, ne pouvant s'empêcher de lui caresser le dos, à travers le mince tissu de sa robe.

Elle leva les yeux vers lui, et lui sourit.

— Heureuse de vous retrouver, dit-elle avec un petit rire. Vous vous êtes bien amusé ?

— Follement, répondit-il d'un ton pénétré, en la serrant plus fort contre lui. En fait, je crois bien que je ne m'étais pas autant amusé depuis la dernière fois que notre hélicoptère nous a lâchés dans le désert.

Les commissures des lèvres de Kimberly se relevèrent en un sourire malicieux.

— Si ça peut vous consoler, vous n'êtes pas le seul à souffrir ! Mes pieds me font atrocement mal.

Il jeta un coup d'œil aux escarpins à hauts talons.

— Je veux bien croire que vos chaussures ne soient pas confortables, mais, en tout cas, elles sont absolument ravissantes.

— Piètre consolation… mais je suis vraiment ravie que vous soyez là. Même si vous ne vous amusez pas beaucoup.

— Erreur, en ce moment précis, je vous assure que je passe un moment délicieux.

— Moi aussi, murmura Kimberly en rougissant.

Il prit sa main droite dans la sienne, et la serra contre son torse.

— Vous savez, je pense que nous pourrions…

— Kimberly ! C'est bien toi ? coupa une voix arrogante, à côté d'eux.

Zack fusilla du regard l'homme qui venait de l'interrompre et, à cet instant précis, il sentit Kimberly se figer dans ses bras. Son instinct protecteur se déclencha aussitôt.

Elle s'écarta légèrement de lui, mais il la maintint serrée, même lorsqu'elle se tourna pour regarder le couple qui venait de s'arrêter près d'eux.

L'homme, de taille moyenne, aux yeux bleus et aux cheveux blonds, était accompagné d'une rousse sculpturale, très sophistiquée, dont Zack remarqua tout de suite le regard froid et calculateur.

— Bonsoir, Charles, dit Kimberly d'un ton tendu.

« Ah, pensa Zack, voilà le pauvre type ! » Alors c'était seulement *ça* le type qui avait fait souffrir Kimberly ?

— Tu as l'air en pleine forme, ma chère. N'est-ce pas, Elisabeth ?

Mais la dénommée Elisabeth jeta à peine un coup d'œil à Kimberly. En revanche, elle fixa Zack d'un regard appuyé.

— Et vous êtes ? lui demanda-t-elle.

— Très conscient de la chance que j'ai, répondit Zack, en serrant Kimberly contre lui, tout en lui glissant la main dans le dos, en un geste ostensiblement intime.

— Je vous demande pardon ? dit Charles.

— Trop tard, mon pauvre vieux, hélas pour vous.

Charles se redressa, interloqué.

— Charles, Elisabeth, dit précipitamment Kimberly pour créer une diversion, je vous présente Zack Sheridan.

— Enchanté d'avoir enfin l'occasion de vous rencontrer, *Charlie*, dit Zack en prononçant le surnom d'un ton de mépris goguenard. Je tenais absolument à vous remercier de vous être conduit de façon aussi lamentable.

Charles écarquilla des yeux stupéfaits.

— Je vous demande pardon ? s'indigna-t-il.

— Inutile, mon vieux, je vous l'ai déjà dit : considérez-vous comme pardonné.

Zack éprouvait une furieuse envie de flanquer son poing dans le menton fuyant de Charles Barrington III. Mais à quoi bon ? Franchement, ça ne valait pas le coup de s'énerver, l'adversaire n'était pas de taille.

— Je ne…, commença Charles.

— Zack, je vous en prie, l'interrompit Kimberly, craignant visiblement d'attirer l'attention des danseurs autour d'eux.

Mais Zack n'en avait cure. Il continuait à fixer Charles Barrington.

— Après tout, reprit-il, comme si Kimberly ne l'avait pas interrompu, si vous ne vous étiez pas comporté vis-à-vis de Kimberly comme un ignoble salaud, je ne me trouverais pas ici, avec elle, ce soir. Alors, merci encore, et adieu !

Sur ces mots, il entraîna Kimberly vers la piste de danse, et se mit à la faire tourbillonner au son d'une valse, jusqu'à ce qu'ils eussent atteint l'extrémité opposée de la piste de danse.

— Je n'en reviens pas de ce que vous venez de faire, dit Kimberly, les yeux brillant d'excitation.

— Je n'en reviens pas que vous soyez surprise, répondit-il du tac au tac.

— Moi non plus, admit-elle, avec un rire joyeux qui enchanta Zack. Merci. Merci infiniment.

Zack se sentait si fier qu'il avait l'impression qu'on venait de lui épingler sur le torse la médaille du mérite militaire. Il caressa de nouveau le dos de Kimberly, heureux de voir la flamme du désir s'allumer dans ses yeux.

— Je vous en prie, ma douce, murmura-t-il, c'est à moi que ça a fait plaisir.

— Oh, Zack…

— Combien de temps sommes-nous obligés de faire acte de présence à cette fascinante réception ? demanda-t-il, d'une voix rauque d'un désir soudain si violent qu'il en devenait presque douloureux.

— Je ne…

— J'ai envie de vous, Kimberly, dit-il. Je ne peux pas attendre que vous veniez à moi.

Et il la plaqua contre lui, jusqu'à ce qu'elle puisse sentir la preuve de son désir.

Elle ferma les yeux, et laissa échapper un petit gémissement.

— Zack, je…

— Kim, j'ai tellement envie de vous…

Elle rouvrit les yeux, leva son visage vers lui, et le dévisagea un long moment. Puis elle humecta ses lèvres du bout de la langue, et prit une profonde inspiration pour se donner du courage.

— Vous sentez-vous capable de courir ?

9.

Le pied écrasant l'accélérateur, la mâchoire serrée et les mains crispées sur le volant, Zack devait exercer un effort surhumain sur lui-même pour ne pas s'engager dans le premier chemin de traverse et piler au premier bosquet, pour pouvoir prendre Kimberly, là, tout de suite, sans même attendre d'être arrivé chez elle.

Jamais, dans toute son existence, il n'avait désiré aucune femme avec une telle intensité. Son parfum lui tournait la tête, il percevait la chaleur de son corps depuis le siège voisin, et entendait sa respiration rapide, presque haletante, qui faisait écho à sa propre impatience.

Il avait beau se dire qu'il était ridicule, et qu'il se comportait comme un adolescent à son premier rendez-vous avec la plus belle fille de sa classe, il ne réussissait pas à calmer les battements désordonnés de son cœur.

Il prit un virage à la corde, et entendit Kimberly pousser une petite exclamation de frayeur.

— Désolé, grommela-t-il, je vais ralentir.

— Je vous l'interdis bien ! se récria-t-elle d'un ton menaçant.

Il éclata de rire.

— D'accord, d'accord, je ne ralentis pas.

La propriété Danforth se trouvait loin derrière eux, maintenant. La foule, la musique, les bavardages insipides, tout cela avait disparu, les laissant seuls tous les deux, et plus rien d'autre n'avait d'importance.

C'était comme si le désir, qui avait surgi entre eux de façon si soudaine, se trouvait enfin libéré. Violent. Impérieux.

Irrépressible.

Zack se moquait bien d'avoir été le premier à céder. De ne pas avoir attendu que Kimberly ne vienne à lui. Tout ce qui lui importait, c'était de pouvoir enfin poser ses mains sur elle. Son esprit s'emplissait, seconde après seconde, d'images de Kimberly, nue dans ses bras. De sa chevelure soyeuse étalée sur l'oreiller, de ses longues jambes fines enroulées autour de lui, de sa bouche écrasée sur la sienne au moment où il la pénétrerait...

Il étouffa un juron, et ordonna à son cerveau de se calmer immédiatement. Sinon, il risquait de percuter un arbre sur le bord de la route, et, s'il mourait avant d'avoir pu faire l'amour avec Kimberly, il se transformerait en un fantôme abominablement frustré !

Il atteignit enfin la rue de Kimberly. Il pila devant la maison, coupa le moteur, arracha la clé du contact, et déboucla sa ceinture de sécurité, avant de se tourner vers Kimberly pour la prendre dans ses bras.

Aussi impatiente que lui — elle avait déjà détaché sa propre ceinture —, elle se précipita dans ses bras. Il l'attira sur ses genoux, et elle lui enroula ses bras autour du cou, écrasant ses lèvres sur les siennes, pour l'embrasser à perdre haleine.

Zack sentait la pointe de ses seins durcir contre son torse, et ses fesses fermes se presser contre son érection.

Il glissa une main sous le bas de sa robe, et rencontra le haut de dentelle de ses bas à jarretières. Instantanément, lui vint à l'esprit l'image de Kimberly nue, ne portant que ses bas, et il émit un gémissement rauque.

Il monta sa main plus haut, et Kimberly gémit dans ses bras.

— Zack..., protesta-t-elle dans un souffle.

— Laisse-moi juste te caresser, ma douce, murmura-t-il à son oreille, et il inclina la tête pour l'embrasser dans le cou.

Kimberly s'abandonna avec un grand soupir.

— Oh, mon Dieu..., murmura-t-elle, la tête rejetée en arrière.

A l'extérieur de la voiture, tout était sombre et silencieux. Les maisons avoisinantes étaient fermées pour la nuit, et le seul bruit que l'on entendait — à part leurs respirations — était celui d'un chien, au loin, qui hurlait à la lune.

Zack glissa sa main plus haut, et vint plaquer sa paume contre l'entrejambe de Kimberly, qui laissa échapper un petit cri étouffé.

— Oh, Zack, souffla-t-elle, j'ai tellement envie de toi...

— Moi aussi, ma puce. Je ne peux plus attendre, je meurs d'envie de te caresser. Je t'en prie, laisse-toi faire.

Elle releva la tête et lui prit le visage entre ses mains.

— Moi non plus, Zack, je ne peux plus attendre, dit-elle d'une voix rauque.

Alors il posa ses lèvres sur les siennes, tout en faisant descendre le long de ses cuisses fines ce qui semblait être un mini-slip de dentelle.

Kimberly souleva les hanches et se tortilla pour l'aider, puis, d'un geste vif, Zack lui libéra les jambes, et fourra le bout de dentelle au fond de sa poche. Enfin, il revint poser sa main sur elle. En elle.

Elle poussa un long gémissement, et se cambra pour venir à la rencontre de sa caresse, écartant les jambes pour mieux s'offrir.

— Oh, Zack, cria-t-elle, c'est trop bon...

— Pas encore, ma puce, pas encore.

Et il intensifia sa caresse, tandis que la respiration de Kimberly se faisait de plus en plus haletante. Il la sentit soudain se raidir, un spasme violent puis un autre secoua son corps, puis elle retomba dans ses bras avec un long soupir extasié.

Le cœur battant la chamade, le souffle court, Kimberly reprit peu à peu contact avec la réalité.

Elle avait l'impression que, si Zack ne l'avait pas tenue serrée contre lui, elle se serait purement et simplement évanouie sur le sol de la voiture.

La voiture.

Elle venait d'avoir le meilleur orgasme de sa vie dans une voiture.

Sa conscience lui souffla qu'elle aurait dû se sentir pétrifiée de honte. Mais son corps lui conseilla plutôt de profiter de l'instant présent.

— C'était..., dit-elle — dès qu'elle pensa qu'elle pourrait parler sans haleter de façon grotesque —, fabuleux...

— Et attends un peu que j'aie davantage de place pour manœuvrer, dit Zack, avec un sourire malicieux qui la fit frissonner.

— Oh, Zack..., murmura-t-elle.

Il lui effleura le front d'un baiser, tout en redescendant le bas de sa robe sur ses jambes.

— Maintenant, ma belle, que penserais-tu de rentrer dans la maison, pour finir ce qu'on a commencé ?

— Le plus grand bien, répondit-elle avec un rire mutin.

— Parfait, alors allons-y.

Il ouvrit la portière, et descendit de voiture, fit sortir Kimberly et l'emporta dans ses bras.

— Je peux encore marcher, tu sais, protesta-t-elle en riant.

— Je sais. Mais je peux aussi te porter. Et j'en ai très envie.

« Moi aussi », pensa Kimberly. Elle se sentait comme une héroïne de film romantique. Dans une scène où le bel officier de marine la soulève dans ses bras, pour l'emporter vers une folle nuit de passion.

Comment, se demandait-elle, tout cela était-il arrivé dans sa vie ? Comment était-elle passée — en moins de deux semaines — de son existence solitaire de chercheur en biologie marine, à celle d'une jeune femme assez libérée pour avoir une expérience sexuelle dans une voiture ? Mais, surtout, comment allait-elle pouvoir revenir à la façon dont elle avait vécu *avant*, avant que Zack ne déboule dans sa vie ?

Lorsqu'il atteignit la porte d'entrée, Zack fit basculer Kimberly sur son épaule, pour pouvoir prendre ses clés dans sa poche.

— Eh ! Sheridan ! En voilà une façon cavalière de traiter les femmes !

Il déverrouilla la porte, puis leva son bras libre pour venir caresser sous la robe les fesses nues de Kimberly, éveillant en elle une nouvelle vague de désir.

Elle poussa un petit gémissement de volupté.

Il entra, claqua la porte derrière eux, et se dirigea vers la chambre.

— Attends un peu, ma belle, ce n'est que le début.

— Des promesses, toujours des promesses, répondit Kimberly en riant.

Il entra dans la pièce et, d'un geste fluide, fit descendre Kimberly de son épaule avant de l'allonger sur le lit. Puis il se redressa pour commencer à déboutonner sa veste d'uniforme, tandis que Kimberly, fascinée, le regardait faire.

Il se retrouva bientôt nu, éclairé par les rayons de lune qui pénétraient par la fenêtre, et soulignaient chacun des muscles de son corps athlétique.

— Maintenant, à toi, ma douce, dit-il d'une voix sourde.

Kimberly hocha la tête, et se leva du lit, puis elle lui tourna le dos.

— Tu veux bien m'aider ? lui demanda-t-elle.

Elle aurait pu se déshabiller elle-même, bien sûr, mais elle avait tellement envie de sentir les mains de Zack sur sa peau…

La fermeture à glissière s'ouvrit avec un petit bruit léger, et les mains de Zack écartèrent les pans de la robe, qui tomba aux pieds de Kimberly en une jolie corolle de soie noire.

— Pas de soutien-gorge, murmura-t-il d'un ton approbateur, tout en la tournant face à lui.

Il lui emprisonna les seins dans ses mains, et se mit à en agacer la pointe, déjà durcie par le désir.

— Tu as des mains magiques, murmura Kimberly.

— Et tu n'as encore rien vu, répondit-il en riant.

Kimberly se pencha pour saisir la bande en dentelle de l'un de ses bas noirs, mais Zack posa sa main sur la sienne.

— Non, ma douce, tu gardes tes bas.

Kimberly hocha la tête sans répondre, soudain parcourue d'un frisson délicieux.

Zack lui posa les mains sur les épaules, et l'écarta de lui, promenant sur son corps un regard gourmand.

— Tu es belle, tu sais. Très belle, dit-il d'une voix rauque.

Kimberly gardait ses yeux rivés aux siens, savourant le bonheur de se sentir sexy, désirée…

C'était la première fois de toute son existence qu'elle éprouvait cette sensation euphorisante, et cette découverte la galvanisait.

— Allonge-toi, ma belle, dit Zack d'une voix douce, en l'aidant à s'étendre sur le couvre-lit. Et maintenant, laisse-toi faire.

— Zack, murmura-t-elle, viens en moi, j'ai tellement envie de te sentir tout au fond de moi.

Elle vit sa mâchoire se contracter.

— Moi aussi, ma douce. Mais, d'abord, je veux embrasser chaque millimètre de ton corps.

Elle frissonna, hypnotisée par l'intensité de son regard sombre.

— Zack…

— Fais-moi confiance, ma belle.

— Je te fais confiance.

Il lui sourit et se pencha sur elle. Il commença à la base de son cou, traçant jusqu'à sa poitrine un chemin de baisers brûlants. Il prit d'abord un sein dans sa bouche, puis l'autre, les embrassant tour à tour avec un art consommé qui arracha à Kimberly de longs gémissements de volupté. Puis il descendit plus bas, continuant son chemin de feu jusqu'à son ventre. Puis plus bas encore.

Kimberly se figea et eut un mouvement de recul instinctif, mais les mains puissantes de Zack se plaquèrent sur ses hanches, pour la maintenir en place.

Elle baissa les yeux sur lui, agenouillé entre ses jambes.

— Zack, murmura-t-elle, je t'en prie, je ne suis pas sûre que…

— J'ai dit chaque millimètre, ma douce.

Il lui sourit, puis baissa la tête de nouveau, et se mit à l'embrasser de la façon la plus intime qu'elle ait jamais expérimentée. Elle poussa un petit cri, qui se mua ensuite en un long soupir de jouissance pure. C'était si parfait, si merveilleux, si… inouï.

Lorsque les premiers spasmes la secouèrent, Zack demeura contre elle, ses lèvres posées sur sa chair frémissante, tandis que ses grandes mains caressaient voluptueusement ses fesses, jusqu'à ce que Kimberly fût enfin redescendue sur terre.

Encore tout étourdie, elle le regarda se redresser, et se protéger, avant de s'allonger sur elle.

— Tu es vraiment superbe, tu sais, avec juste ces bas noirs et le clair de lune.

— Tu es vraiment superbe, toi aussi, répondit-elle en souriant, sans rien d'autre que le clair de lune.

Il posa ses lèvres dans son cou, pour un long baiser tendre, puis redressa la tête, et plongea son regard dans le sien.

— J'ai follement envie de toi, dit-il d'une voix rauque.

Elle lui prit la tête entre ses deux mains jointes.

— Alors, viens, je t'en prie, maintenant, Zack... J'ai tellement envie de te sentir en moi...

— Maintenant, acquiesça-t-il, et il la pénétra, d'un coup de reins puissant.

Kimberly poussa un cri, et se cambra, puis leva ses jambes pour les enrouler autour des hanches de Zack. Elle les serra fort, plus fort encore, pour le sentir s'enfoncer en elle aussi loin que possible. Zack enfouit son visage au creux de son cou, tandis qu'il intensifiait son rythme, et qu'elle le suivait, haletante, le cœur battant à se rompre.

Lorsqu'il leva la tête pour la regarder dans les yeux, elle soutint ce regard et suivit, au fond de ses yeux, la montée vers l'assouvissement de son plaisir.

Elle sentit soudain exploser en elle un orgasme d'une violence inouïe, extraordinaire, et, presque au même instant, Zack cria son nom, avant de se laisser retomber sur elle, avec un long gémissement rauque.

10.

Zack savait qu'il fallait qu'il bouge. Mais il avait l'impression que son cerveau ne lui obéissait plus.

Chacun des muscles de son corps lui paraissait relâché à l'extrême, au point d'en être devenu inerte, et pourtant, dans le même temps, il se sentait plein d'énergie, revitalisé.

Son cœur battait à un rythme effréné, tandis que son esprit essayait de trouver le moyen d'expliquer ce qui venait de se passer.

Mais ce n'était pas facile.

Il ne s'agissait pas simplement de sexe. Non. Ce que Kimberly et lui venaient de partager allait bien au-delà du simple assouvissement d'un désir physique.

S'il s'était simplement agi de satisfaire ses pulsions sexuelles, il serait déjà sorti du lit, se serait rhabillé, et serait parti, comme il l'avait déjà fait tant de fois auparavant.

Or, maintenant, pour la première fois de toute son existence, il avait envie de rester. Et cette seule pensée aurait dû suffire à lui donner envie de s'écarter de Kimberly, pour mettre entre eux une distance non seulement physique mais surtout émotionnelle.

145

Il fixait le plafond sans le voir.

A côté de lui, Kimberly bâilla, s'étira langoureusement, exhala un long soupir en glissant une jambe contre la sienne.

— Oh, Zack, dit-elle d'une voix très douce, c'était…

— Oui, acquiesça-t-il, étonné lui-même de pouvoir encore parler. C'était… exactement ça.

Elle se tourna vers lui, écarta de son visage une longue mèche brune, puis vint se lover tout contre lui, enfouissant sa tête au creux de son épaule.

Il huma le parfum fleuri de ses cheveux, et se demanda s'il pourrait jamais, à l'avenir, respirer le parfum d'une fleur sans penser à elle. Et à ce moment magique qu'ils venaient de vivre.

Elle lui effleura le torse du plat de la main, et il frémit, sentant aussitôt monter en lui une nouvelle bouffée de désir. Il s'était cru rassasié, et pourtant, déjà maintenant, il mourait d'envie de la prendre de nouveau. Jamais auparavant il n'avait éprouvé, pour aucune autre femme, un désir aussi impérieux, aussi insatiable.

Et une partie de lui-même s'inquiétait des sensations qu'il ressentait.

Il ferma les yeux et prit la main de Kimberly dans la sienne, l'immobilisa, se demandant si cela allait suffire à endiguer la vague de désir qui lui envahissait le corps.

— Je dois dire, murmura Kimberly d'une voix très douce, à peine audible dans la pièce baignée de clair de lune, que jamais, de toute mon existence, je n'ai apprécié une fin de soirée à ce point.

— Ravi de te savoir satisfaite, répondit-il d'un ton léger, dans l'espoir de se convaincre lui-même — de les convaincre tous les deux — que ce qui venait de se passer entre eux n'était pas aussi… perturbant qu'il commençait à le croire.

Mais, quoi qu'il puisse dire, il savait pertinemment que cela ne suffirait pas à chasser de son esprit les pensées qui s'y bousculaient.

Ils demeurèrent ainsi un long moment en silence, et Zack laissa son esprit vagabonder, la tête pleine d'images de Kimberly : Kimberly en train de rire, Kimberly en train de marcher au bord de l'eau, faisant voler ses longs cheveux bruns, Kimberly, à la soirée de fiançailles de son frère. Entourée par sa famille et par l'immense fortune dans laquelle elle avait été élevée.

Cette image le ramena brutalement à la réalité, et il se sentit aussitôt assailli par le doute.

Lui-même avait été élevé dans une famille de classe moyenne. Fils unique d'un père militaire et d'une mère qui ne travaillait pas et avait suivi fidèlement son époux dans toutes ses affectations militaires. Une famille restreinte, certes, mais très unie. Et il avait trouvé une famille élargie avec la marine. Son escouade, ses frères. Cela lui avait toujours suffi.

Jusqu'à présent du moins, lui souffla une petite voix dans sa tête.

Il s'était construit une vie qu'il aimait. Une vie qui ne se prêtait pas facilement au partage.

Il avait essayé, pourtant, une fois…

Zack fronça le sourcil, en se remémorant cet épisode de son existence.

Il avait, pendant quelque temps, cru pouvoir s'engager dans une relation durable. Faire des projets d'avenir. Envisager de fonder une famille.

Mais son absence de fortune personnelle — ajoutée au fait qu'il se moquait pas mal de ne jamais gagner un pont d'or en restant militaire — avait vite mis fin à son aventure.

Donc, il s'en rendait compte à présent, s'il n'avait pas été assez bon pour la jeune femme de l'époque qui venait du même milieu que lui, comment oser espérer, une seule seconde, qu'il serait assez bon pour Kimberly Danforth ?

Autant se rendre à l'évidence : les gens qui possédaient ce genre de fortune ne s'intéressaient jamais à quelqu'un qui n'appartenait pas à leur monde.

Mais, après tout, cela lui était égal, n'est-ce pas ?

Ce n'était pas comme s'il avait envisagé quelque chose d'aussi fou qu'une demande en mariage.

Ni comme s'il était tombé amoureux.

Amoureux.

Il se passa une main sur le visage, espérant effacer les pensées qui se bousculaient dans son esprit.

Mais cela ne résolut pas son problème. D'ailleurs, rien ne pourrait le résoudre. Il se trouvait confronté à un problème inextricable. Et il se savait.

— A quoi penses-tu ? lui demanda Kimberly.

— Hum...

Il chercha fébrilement quelque chose à lui répondre.

— Je repensais à la soirée d'hier. Je dois dire que je me suis senti un peu écrasé par la grandeur de Crofthaven Manor. Ne me comprends pas mal, j'ai trouvé la demeure de ta famille magnifique, mais je ne suis pas sûr que j'aurais aimé y habiter...

148

— Je te comprends parfaitement, remarqua Kimberly d'une voix douce, d'ailleurs moi-même, j'ai fait des pieds et des mains pour en sortir.

Et elle avait réussi, pensa Zack, à sortir de la somptueuse propriété des Danforth, pour aller s'installer dans cette charmante petite maison, qui paraissait à des années-lumière de l'univers dans lequel elle avait grandi.

Elle avait réussi à se construire une vie par elle-même. Grâce à son intelligence, à son travail, et à son esprit d'indépendance.

Bien sûr, elle vivait à l'écart de sa famille, mais cela ne signifiait pas, pour autant, qu'elle ne faisait plus partie de cette famille toute puissante.

— Certaines choses sont tout simplement condamnées à ne jamais se produire, ne put-il s'empêcher de dire, d'une voix grave.

Kimberly rejeta la tête en arrière, pour le regarder dans les yeux.

— Pourquoi dis-tu cela ? Tu le penses vraiment ?

Zack soutint son regard, mais en s'exhortant, cette fois-ci, à ne pas se laisser envoûter par la splendide teinte verte de ses yeux. A ne pas se laisser hypnotiser par leur profondeur, par leur douceur infinie. Et, quelque part au fond de lui-même, il eut soudain la certitude qu'il verrait ces yeux dans ses rêves pour le reste de ses jours.

Oui, Kimberly l'avait marqué de son empreinte, aussi sûrement que si elle l'avait marqué au fer rouge, et il sentait que, même lorsqu'il la quitterait — comme il savait qu'il allait la quitter bientôt —, il ne serait jamais vraiment libéré de ce souvenir.

Il la serra plus fort contre lui et, avec sa main libre, lui écarta du visage une mèche de cheveux, laissant glisser ses doigts le long de sa joue, savourant la douceur de sa peau, comme une sorte de consolation.

— Quelquefois, dit-il d'une voix sourde, il vaut mieux partir.

— Je n'en suis pas si sûre, non.

— Auparavant, je ne le pensais pas, moi non plus, reconnut-il.

Et il se demanda si Kimberly se rendait compte qu'il était déjà en train de faire marche arrière.

Mais il ne pouvait pas lui avouer ce qu'il éprouvait pour elle, parce que cela ne mènerait nulle part. Parce qu'il n'y avait, pour eux, aucun avenir possible.

Elle se releva sur un coude, et le regarda d'un air perplexe.

— Mais tu le penses, maintenant ?

— Maintenant, répéta-t-il, je ne sais plus très bien ce que je pense.

— Sais-tu seulement ce que tu veux ?

Les commissures des lèvres de Zack se relevèrent en un sourire ironique, alors même qu'une main invisible, froide et dure, lui serrait le cœur à lui en faire mal.

— Pour le moment… toi. C'est toi que je veux.

Elle inclina la tête vers lui, ses longs cheveux formant comme un rideau de soie autour de leurs deux visages.

— Alors, murmura-t-elle, pour le moment, contentons-nous d'assouvir cette envie.

Il la prit par la taille pour l'attirer à lui.

— Tu sais, ma douce, que j'aime vraiment beaucoup ta philosophie de la vie.

Il effaça de son esprit les incertitudes de l'avenir. Les mises en garde que son cerveau essayait de lui envoyer. Parce que, pour le moment, tout ce qui lui importait, c'était la chair tiède de Kimberly, appuyée contre la sienne. La flamme qui brûlait dans ses yeux, et la courbe de ses lèvres.

Zack avait vécu suffisamment longtemps pour savoir qu'il était essentiel de profiter de l'instant présent, parce que ce moment pourrait bien ne jamais se présenter de nouveau.

Il prit Kimberly dans ses bras, la souleva au-dessus de lui, et enroula ses bras autour d'elle, lui caressant le dos, traçant chaque creux, chaque courbe, pour graver dans sa mémoire le souvenir de son corps. Il savait que, plus tard, le souvenir de cette nuit, de ce moment, serait sans doute tout ce qui lui resterait pour se rappeler qu'un jour il avait tenu dans ses bras une femme qui était tout pour lui.

Elle l'embrassa, et la sensation de ses lèvres sur les siennes l'électrisa. Il lui entoura la tête de ses deux mains, et prit possession de sa bouche avec une violence éperdue. Il avait envie d'elle comme il n'avait jamais eu envie d'une autre femme.

En fait, il s'en rendait compte, non seulement il avait envie d'elle, mais il avait *besoin* d'elle.

Il roula sur le côté pour l'allonger sur le dos, et inclina la tête pour prendre l'aréole dressée d'un sein rond. Elle se cambra pour venir à sa rencontre, poussant un petit gémissement rauque, et Zack eut l'impression délicieuse qu'elle ronronnait.

— Zack, murmura-t-elle, si on continue comme ça, nous allons mourir d'épuisement.

— Epuisés, peut-être… mais reconnais, ma douce, que ce serait une façon tout à fait divine de passer de vie à trépas, non ?

— Tout à fait divine, répéta-t-elle avec un petit rire ravi, tu as parfaitement raison.

Il sentit dans son dos les mains de Kimberly le caresser et le pétrir avec volupté. Le griffer aussi, comme si elle avait voulu lui imprimer sa marque pour toujours. Graver ses initiales dans sa chair et dans son cœur.

Cette pensée lui entra dans l'esprit comme un train lancé à pleine vitesse, et déclencha en lui un désir violent, incoercible, dévastateur.

Il s'allongea sur elle, et les yeux de Kimberly s'allumèrent d'un désir aussi fort que le sien, aussi insatiable, tandis qu'elle soulevait ses hanches en une invite silencieuse.

Alors il s'abandonna aux flammes de son désir, et la pénétra, une fois encore. Et dans cet acte d'assouvissement, il découvrit, désespéré, un besoin d'elle encore plus fort.

Il entrelaça ses doigts aux siens, pour renforcer encore cette sensation de connexion. Il plongea son regard dans ses yeux, et vit, dans leur profondeur, le reflet de son propre visage.

Leurs regards rivés l'un à l'autre, ils atteignirent ensemble la fin bouleversante de leur acte d'amour qui, d'une certaine façon, marquait aussi un début.

Les jours s'écoulèrent, l'un après l'autre, mesurés par les levers et couchers du soleil. Des journées qu'ils passaient à rire et à faire l'amour, avec une liberté que Kimberly n'avait jamais connue jusqu'à présent.

En Zack, elle avait trouvé un homme qui comprenait son amour pour l'océan. Un homme qui adorait, comme elle, passer des heures sous l'eau, pour explorer la

faune et la flore marines. Avec Zack, elle n'avait plus
— enfin — l'impression d'être la douce farfelue toquée
de poissons qu'elle avait toujours été pour les gens qui
la connaissaient.

Elle se sentait intéressante. Intelligente.

Et belle.

Mais surtout, et à ses yeux c'était de loin le plus
important, elle se sentait *désirée*.

Lorsqu'elle Zack la touchait, elle sentait tout son
corps frémir. Il la regardait, et elle sentait s'accélérer
les battements de son cœur. Il l'embrassait, et elle se
sentait fondre.

Depuis la soirée des fiançailles de son frère, ils avaient
passé chaque minute de chaque jour et de chaque nuit
ensemble.

Le soir, Zack la rejoignait dans son lit et, le matin, il
s'y trouvait encore.

Son corps lui paraissait soudé au sien. Sa vie lui semblait
plus riche, plus exaltante. Et elle se demandait comment
elle allait pouvoir vivre le jour où il repartirait.

Elle s'était, depuis longtemps, résignée à l'idée qu'elle
ne trouverait jamais l'homme idéal. Qu'elle n'aurait jamais
la famille ni les enfants qu'elle avait rêvé d'avoir, lorsqu'elle était plus jeune. Après son épisode malheureux
avec Charles Barrington, elle en avait déduit qu'elle n'était
tout simplement pas le genre de femme dont un homme
pouvait tomber amoureux. Qu'elle était — comme elle
l'avait toujours été — trop intellectuelle, trop cérébrale,
trop peu intéressée par le genre de choses qui semblaient
fasciner la plupart des femmes.

Elle avait toujours préféré passer ses journées sous
l'eau, ou à poursuivre ses recherches, plutôt qu'à déam-

buler pendant des heures dans des centres commerciaux bondés, pour chercher la tenue idéale pour un prochain cocktail.

Elle avait toujours préféré laisser ses cheveux cascader librement sur ses épaules — ou bien, lorsque cela lui paraissait plus pratique, les attacher avec un simple élastique — plutôt que de devoir supporter d'interminables séances chez le coiffeur.

Elle n'avait jamais aimé le bavardage, souvent creux et insipide, des dîners mondains, et avait toujours adoré la vie au grand air, alors que la perspective de se retrouver enfermée toute la journée derrière un bureau la faisait frissonner d'horreur.

Mais il y avait un prix à payer pour pouvoir mener le genre de vie qu'elle aimait, et elle s'était, depuis longtemps, résignée au fait que ce prix serait la solitude.

Et puis, un jour, Zack Sheridan avait débarqué dans son petit univers bien rangé, et l'avait fait voler en éclats.

Assise à sa table de travail, entourée par ses livres et par les documents sur lesquels elle était supposée travailler, elle regarda, posé sur la table basse, le grand vase en cristal dans lequel elle avait disposé le premier bouquet qu'elle ait jamais reçu pour la Saint-Valentin. La semaine précédente, Zack était rentré avec trois douzaines de roses jaunes, une boîte de truffes au chocolat, et — se rappelat-elle avec un sourire attendri — une nouvelle valve pour le masque qu'elle utilisait lorsqu'elle plongeait.

Quelle femme ne serait pas tombée éperdument amoureuse d'un homme comme celui-ci ?

« Amoureuse… »

Elle murmura le mot à voix basse, comme si elle avait craint que Zack ne puisse l'entendre. Mais il était dehors, dans le jardin, en train de tondre le petit carré de gazon qui lui servait de pelouse.

Elle se leva, laissa tomber son stylo sur un livre ouvert, et le regarda rouler jusqu'au bord de la table, puis tomber à terre.

Amoureuse ?

Elle porta une main à son cœur et, de l'autre, agrippa le dossier de sa chaise, ayant soudain l'impression que la pièce tournait autour d'elle.

Elle était amoureuse.

Véritablement amoureuse. Pour la première fois de son existence.

Et sans doute aussi pour la dernière.

Comment ai-je pu ne pas me rendre compte que cela arrivait… ? gémit-elle, à voix basse, à demi assommée par ce qu'elle venait de découvrir.

Mais, se rassura-t-elle, même si je m'étais rendu compte de ce qui se passait, comment aurais-je pu l'arrêter, et surtout, *pourquoi* l'aurais-je arrêté ?

« Tout simplement, espèce de cruche, marmonna-t-elle pour elle-même, parce que la vie serait infiniment moins compliquée si tu ne t'étais pas laissé embarquer dans cette histoire. »

Elle se mit à arpenter son bureau, pour tenter de calmer son agitation, de remettre de l'ordre dans ses idées.

Moins compliquée, peut-être, se dit-elle. Mais, après tout, il peut y avoir du bon aussi dans une situation compliquée, n'est-ce pas ?

Le soleil entrait à flots par la fenêtre ouverte, et projetait, sur les meubles et le parquet de bois ciré, de longues bandes de lumière dorée. On entendait, dehors, le bruit de la tondeuse à gazon, avec, parfois, quelques jurons bien sentis de l'apprenti jardinier, et, par-dessus ces bruits domestiques, le tintement mélodieux des mobiles musicaux que Kimberly avait suspendus au toit de la maison. On entendait aussi, plus loin dans la rue, des enfants en train de faire du skate-board sur le trottoir.

Kimberly s'approcha de la fenêtre pour regarder Zack, dans le jardin.

Le monde était exactement tel qu'il avait été dix minutes auparavant, et pourtant il était devenu, tout à coup, extraordinairement différent.

Zack avait retiré sa chemise pour tondre la pelouse et, dans le soleil matinal, ses muscles bronzés luisaient de sueur. Les cicatrices qui marquaient son corps ressortaient, un peu plus pâles sur sa peau hâlée, mais, d'une certaine manière, elles réussissaient à le rendre encore plus séduisant.

Ses grands doigts puissants serraient les poignées de l'antique tondeuse à gazon, et la vision de ses mains, aussi viriles, fit naître en Kimberly un petit frisson d'excitation.

Elle posa sa main à plat sur la vitre, et regarda, attendrie, Zack fulminer contre la tondeuse récalcitrante.

Qu'allait-elle faire ? se demanda-t-elle. Pouvait-elle garder pour elle-même le fait qu'elle était amoureuse ?

Par ailleurs, comment pourrait-elle le lui dire, alors qu'elle savait qu'il se trouvait uniquement là parce qu'on lui avait assigné pour mission de la protéger ?

Ils n'avaient jamais, au cours des jours qui venaient de passer, évoqué l'avenir. Jamais prévu de futur au-delà de la fin du mois, qui se rapprochait à une vitesse vertigineuse.

Non, décidément, pensa-t-elle, elle ne pouvait se contenter de rester sans rien faire, de le laisser sortir de sa vie aussi facilement qu'il y était entré.

Après le dîner, lorsque le téléphone sonna, Zack se précipita sur l'appareil, comme il aurait plongé, dans une mer déchaînée, sur une bouée de sauvetage providentielle.

Il avait essayé de se trouver des occupations, pour éviter de se torturer l'esprit en pensant, à longueur de journée, au moment où il allait devoir quitter Kimberly. Mais il avait eu beau s'attaquer à toutes les tâches possibles et inimaginables — jusqu'à tondre le gazon, avec une tondeuse datant d'avant Jésus-Christ et caractérielle —, son esprit avait sans cesse continué à gamberger.

Le mois approchait de son terme et, bientôt, il repartirait pour une autre mission. Une part de lui-même se réjouissait de retrouver l'activité militaire qui était sa vie au jour le jour, alors que l'autre redoutait la séparation d'avec Kimberly. Comme jamais, dans toute existence, il n'avait rien redouté d'autre.

Sa carrière militaire lui avait toujours imposé des déplacements dans le monde entier, et cette obligation lui plaisait. Une mission en suivait une autre, en lui apportant, chaque fois, l'occasion de découvrir d'autres gens, d'autres pays, d'autres problèmes à résoudre.

De nouveaux dangers, de nouvelles aventures.

Pour lui et son escouade.

Pourtant, certaines choses avaient changé.

Three Cards s'était marié.

Hunter était encore hospitalisé.

Et lui avait rencontré Kimberly.

— Allô ? gronda-t-il dans le combiné.

Il fronça un sourcil inquiet en reconnaissant la voix d'Ian, le frère de Kimberly. Et ses craintes se trouvèrent confirmées lorsque Ian lui apprit qu'Abraham Danforth avait reçu un autre message de menace.

Quand Kimberly vint le rejoindre, il lui prit la main pour l'attirer près de lui. Percevant son angoisse, il resserra ses doigts autour de sa main fine, ému de la sentir de la si fragile dans la sienne.

— Que se passe-t-il ? murmura-t-elle.

— Des indices quelconques ? demanda Zack à Ian, ignorant la question de Kimberly.

— Rien, répondit Ian. Juste ces quelques mots : « Je vous surveille toujours », signé Lady Savannah.

— Cette femme me paraît vraiment bonne à enfermer, proféra Zack, tout en libérant sa main de celle de Kimberly pour la passer autour de ses épaules.

— D'accord avec vous sur ce point, approuva Ian. Les policiers chargés de l'enquête pensent qu'ils tiennent une piste. Alors, en attendant que cela aboutisse, je compte sur vous pour garder un œil vigilant sur ma petite sœur, d'accord ?

— Bien sûr, ne vous faites surtout aucune inquiétude à ce sujet, je me charge de sa protection.

Jusqu'à ce que la Marine me rappelle, pensa-t-il pour lui-même. Et après ? Qui se chargerait de la protéger ? Qui resterait avec elle, pendant que lui se trouverait à l'autre bout du monde, en train de se battre ?

Il raccrocha, très préoccupé.

— Mon père a encore reçu un message de menace, n'est-ce pas ? dit Kimberly.

Il se retourna vers elle, et la prit dans ses bras.

— Oui, répondit-il. C'était ton frère Ian.

— Mais quand est-ce que tout cela va cesser ? gémit-elle.

— Ian m'a dit que les enquêteurs tenaient une piste.

Kimberly releva la tête pour regarder Zack d'un air angoissé.

— Oh, comme j'espère que c'est vrai.

— Ne t'inquiète pas, ma douce, tu es en sûreté avec moi.

Il lui caressa les cheveux d'un geste tendre, laissant ses mèches soyeuses couler entre ses doigts.

— Je le sais, murmura-t-elle.

Elle glissa les mains sous le T-shirt de Zack, pour pouvoir lui enrouler les bras autour de la taille, et celui-ci s'émerveilla de l'intensité immédiate de son désir. Comme lors de la toute première fois.

Il se demanda s'il en serait toujours ainsi entre eux, puis réprima aussitôt cette idée, puisqu'il ne connaîtrait jamais la réponse à cette question.

Le temps qúi leur avait été imparti était presque parvenu à son terme. Et, lorsque cela arriverait, chacun retournerait à son propre univers. Avec rien de plus que quelques bons souvenirs.

Il lui encadra le visage de ses mains, inclina la tête pour venir l'embrasser. Et, quand ses lèvres rencontrèrent celles de Kimberly, il ressentit, comme chaque fois, une vague de désir monter en lui.

Délibérément, il choisit d'occulter le monde autour d'eux, d'oublier les menaces qui pesaient sur Kimberly, d'oublier le fait qu'il allait bientôt devoir la quitter.

D'oublier tout, à part le bonheur d'être avec elle en ce moment.

— J'ai encore envie de toi, murmura-t-il, son souffle lui effleurant les lèvres.

— Et j'ai encore envie d'être à toi, répondit-elle, en se dressant sur la pointe des pieds pour l'embrasser. Encore, et encore…

Zack sourit, et répondit à son baiser avec passion, s'abandonnant à la magie de l'instant.

11.

Il ne leur restait plus que quarante-huit heures à passer ensemble.

Et le seul danger véritable que Zack avait rencontré pendant le mois où il avait été assigné à la protection de Kimberly, était en la personne de Kimberly elle-même. Elle s'était révélée, à son insu, une véritable menace pour lui.

Cela faisait presque un mois, maintenant, qu'il jouait les gardes du corps, et il n'avait pas pu constater l'existence d'un réel danger pour la fille cadette des Danforth. Il pensait — comme le lui avait dit Kimberly elle-même — que l'idée d'Abraham Danforth d'imposer à sa fille un garde du corps relevait surtout d'un besoin de l'homme d'affaires autoritaire de se rassurer lui-même et de montrer qu'il était capable de contrôler la situation. Il n'y avait pas eu de nouveau message de menace contre les Danforth et Zack espérait qu'il s'agissait d'une mauvaise farce.

Ce matin, il écoutait d'une oreille le bruit de la douche à l'intérieur de la maison. Fronçant les sourcils, il essaya de détourner son esprit d'une image de Kimberly, nue sous l'eau ruisselante, ses longs cheveux mouillés collés au corps. Et cela n'était pas facile : ils avaient vécu des

161

moments particulièrement torrides dans cette cabine de douche exiguë…

Et les souvenirs de ces moments-là allaient devoir lui durer toute une vie. Toute leur vie.

Ni l'un ni l'autre ne parlaient jamais de la fin du mois, pourtant imminente. Chacun des deux paraissait déterminé à éviter le sujet. C'était peut-être ça, la lâcheté, se dit-il.

Eh bien, se consola-t-il, c'était sans doute le premier acte de lâcheté qu'il ait commis de toute son existence, et il se sentait prêt à l'assumer. Cela lui paraissait infiniment préférable au fait de se rendre malheureux, pour une situation à laquelle, de toute façon, on ne pouvait rien changer.

Il entendit frapper à la porte et trouva sur le perron son ami Danny Akiona, un sourire aux lèvres. Voilà le dérivatif qu'il lui fallait pendant que Kimberly était sous sa douche.

Ils s'installèrent tous les deux sur les marches du jardin, pour prendre une bière.

— Tu dois avoir hâte de retrouver le feu de l'action, non ? demanda Danny.

Non.

Pour la première fois en plus de dix ans, il ne le pensait pas. Mais il ne pouvait pas le dire à Danny. Non, pas même à lui.

Zack jeta un bref coup d'œil à son ami, et haussa les épaules, avec une fausse désinvolture. Il but une gorgée de sa bière, et la reposa sur la marche à côté de lui.

— Tu as entendu quelque chose au sujet de notre prochaine mission ?

— Pas un mot, non, mais c'est toi le chef, mon vieux.

— Oui, bien sûr.

Stupide question. Danny avait raison, Zack savait, aussi bien que son ami, qu'on ne leur indiquerait la teneur de leur prochaine mission que le jour où ils retourneraient à la base.

Bon sang, se dit-il, même son cerveau ne fonctionnait plus normalement.

— Et alors, dit Danny, où en es-tu avec ton doc en biologie marine ?

— Hein ?

Danny hocha la tête d'un air goguenard, et gratifia son ami d'une amicale tape dans le dos.

— Et bien dis donc, mon vieux, tu me parais bien accro, hein ?

— Je ne sais pas de quoi tu parles.

— Ben voyons, bien sûr, railla Danny. Et tu penses peut-être que je vais te croire ?

— La ferme, Danny, tu veux ?

— Je la fermerai quand je t'aurai dit que je pense que tu te conduis en parfait imbécile.

Zack foudroya son ami du regard, tout en sachant pertinemment que cela avait, depuis longtemps, cessé de l'impressionner.

— Bon sang, Zack, c'est vraiment une sacrée bonne femme.

— Parce que tu crois que je ne le sais pas ?

— Alors, si tu l'aimes, dis-le-lui.

— Personne ici n'a jamais parlé d'amour, rétorqua Zack d'un ton sec.

Cela faisait des semaines qu'il tournait et retournait ce mot dans sa tête, mais il n'allait pas l'avouer à Danny, alors qu'il n'avait pas même été capable de l'avouer à Kimberly.

— Et puis franchement, Danny, tu crois que tu as les compétences comme conseiller du cœur ?

— Parfaitement, tu n'as qu'à demander à Three Cards ce qu'il en pense !

Zack savait, en effet, que l'été précédent, c'était Danny qui avait donné à Three Cards la dernière petite poussée qui l'avait convaincu de demander en mariage la fille super avec laquelle il sortait depuis des mois, sans pour autant réussir à sauter le pas.

Mais la situation avait été très différente : Three Cards et sa femme Renée avaient vécu une longue liaison.

Ce qui n'était pas le cas de Zack et Kimberly.

Ils n'avaient eu, en guise d'histoire, rien d'autre qu'une parenthèse d'un mois dans leur vie.

— Lâche-moi, Danny, dit-il d'un ton las.

— D'accord, admit Danny, et explique-moi donc un peu ce qui va arriver à Melle Danforth quand tu vas partir en mission à l'autre bout de la planète ?

— Que veux-tu dire ?

Zack haussa les épaules.

— Ce que je veux dire, c'est que si elle est encore en danger, que va faire son père ? Lui trouver un autre marine pour assurer sa protection ?

Zack se figea.

Un autre marine ? Il n'avait pas un seul instant envisagé cette possibilité. Pourtant, cela tombait sous le sens : bien sûr que son père trouverait quelqu'un d'autre. Bien sûr qu'il y aurait un autre homme affecté à cette maison.

Affecté à la protection de *Kimberly*.

La main de Zack se crispa convulsivement sur sa bouteille de bière, et il crut un moment qu'il allait faire éclater le verre.

Des images insupportables vinrent lui torturer l'esprit.

Des images d'un autre militaire — un homme sans visage — qui allait venir poser son barda dans le salon de Kimberly. S'installer confortablement. Dormir dans la petite chambre que Zack avait occupée au début de son séjour. C'était ce même homme qui allait accompagner la jeune femme pour ses longues balades au bord de l'eau. L'emmener plonger. Se promener en bateau.

Et peut-être même qu'il en profiterait pour flirter avec elle.

C'était lui qui serait le dernier à la voir chaque soir, et le premier à la voir le matin. C'était lui qui allait faire écran entre Kimberly et tout danger éventuel. C'est vers lui qu'elle se tournerait quand elle serait effrayée.

Zack sentait sa colère, et sa jalousie surtout, monter en lui, enfler jusqu'à l'étouffer.

Ce marine allait venir s'installer dans cette maison, et prendre sa place. Cette place qui lui appartenait. Dans le seul endroit de toute la planète où il avait envie de se trouver.

Comment allait-il pouvoir survivre en pensant à cela ?

A côté de lui, son ami eut un petit rire goguenard, ce qui lui valut un regard noir.

— Oui, dit Danny, hochant la tête d'un air pénétré, comme tu le disais tout à l'heure, « personne n'a parlé d'amour ici ».

— Danny, gronda Zack, pour la dernière fois : ferme-la !

Et il se leva, pour essayer de se calmer les nerfs en marchant, pendant que Danny, resté à sa place, riait à gorge déployée.

Kimberly essayait de se détendre, sans y parvenir. Même marcher, comme elle était en train de le faire le long de la rivière, ne réussissait plus à lui libérer l'esprit, comme cela l'avait pourtant toujours fait jusqu'à présent.

Mais, bien sûr, comment aurait-il pu en être autrement, alors que Zack marchait à ses côtés, et que chaque pas qu'ils faisaient ensemble lui rappelait que l'homme qu'elle aimait allait bientôt disparaître de sa vie pour toujours ?

Il aurait fallu — elle le savait — qu'elle soit capable de parler à quelqu'un de ce qu'elle ressentait. De cet horrible vide qui se faisait en elle, chaque fois qu'elle pensait au départ de Zack.

Mais elle n'avait personne à qui pouvoir en parler.

Elle n'avait jamais eu beaucoup d'amies. Et elle ne pouvait pas parler de l'amour qu'elle éprouvait envers Zack à ses frères. Quant à sa cousine Imogene de qui elle était proche, eh bien… elle n'était pas sûre qu'elle puisse comprendre. Par ailleurs, elle éprouvait le besoin étrange de garder tout cela pour elle seule, en dépit de son irrépressible besoin d'en parler.

Ce qui était totalement contradictoire, bien sûr, mais cela lui semblait sans importance.

Une brise fraîche monta de la rivière, et la fit frissonner.

La surface de l'eau paraissait noire, par cette nuit sans lune. Aussi noire et triste que son cœur.

Elle enfonça ses mains au fond de ses poches, et leva son visage pour l'offrir au vent. De cette façon, au moins, pensa-t-elle, si ses yeux se mettaient à pleurer, le vent lui fournirait une excuse toute trouvée.

A côté d'elle, Zack soupira, puis tendit une main et lui prit le bras. Il l'obligea avec douceur à se tourner pour lui faire face, et plongea son regard dans le sien, avec une intensité presque douloureuse qui serra le cœur de Kimberly, bien qu'elle fit des efforts pour ne pas le laisser paraître.

— Je retourne à la base dans deux jours, dit-il d'une voix tendue. Et là, je vais m'embarquer pour une mission dont j'ignore encore l'objet et la destination.

Kimberly se trouva si surprise que, si Zack ne l'avait pas fermement maintenue par le bras, elle serait tombée à la renverse.

Oh, bien sûr, elle savait qu'il allait partir.

Depuis des semaines déjà, son cœur comptait les minutes de chaque journée restante.

Pourtant, aucun d'eux n'avait jamais fait allusion à cet horrible compte à rebours. Comme par un accord tacite, ils avaient évité de parler de ce qui pourrait se produire après le départ de Zack.

Mais, à présent, pensa Kimberly, il devenait ridicule de se voiler la face.

— Je sais, dit-elle simplement.

Elle détacha son regard du sien pour regarder la rivière qui coulait près d'eux, aussi vite que les jours des semaines précédentes venaient de s'écouler.

— Je ne sais pas où on va m'envoyer, dit-il, mais je sais que c'est une bonne chose pour moi d'y aller.

— Pardon ?

Il la regarda de nouveau et soit il ne vit pas les éclairs de colère dans les yeux de Kimberly, soit il choisit de les ignorer.

— Oui, un membre de commando ne peut pas se permettre d'être lié par des obligations ou des... personnes qui pourraient tenir à lui.

— Ah vraiment ?

— Oui, c'est ainsi.

— Et alors, que se passe-t-il pour des gens comme Three Cards ? Il est marié, pourtant, non ?

— Oui, mais...

— Et ton père ? Il était bien marine, n'est-ce pas ?

— Exact, mais...

— Donc, si j'ai bien compris, tu es en train de m'expliquer qu'il vaudrait mieux pour *toi* que personne ne tienne à toi.

Il l'agrippa par les avant-bras, et la souleva sur la pointe des pieds, rivant son regard au sien, avec une expression proche du désespoir.

— Ecoute, Kimberly, dit-il, on m'a envoyé ici en mission, et il n'a jamais été prévu que ce soit permanent. Il n'a jamais été prévu, non plus, que je sois pour toi autre chose qu'un garde du corps.

— Tu considères donc que cette mission s'est limitée à cela ?

Il la lâcha si brutalement que, déséquilibrée, elle recula d'un pas.

— Là n'est pas le problème.

— Ah non ? Et bien moi je trouve, au contraire, que c'est exactement là que se trouve le problème, comme tu dis.

La violence de sa repartie prit visiblement Zack par surprise, et Kimberly en fut satisfaite.

168

— Est-ce que tu m'aimes ? demanda-t-elle à brûle-pourpoint.

— *Quoi* ?

Il la dévisagea d'un air abasourdi, comme si elle venait de proférer une obscénité.

Kimberly prit une profonde inspiration, puis expira longuement, et répéta sa question, en dépit de sa terrible crainte que Zack puisse lui répondre par la négative.

— Est-ce que tu m'aimes ?

— Pour l'amour de Dieu, Kimberly !

— C'est la seconde fois que tu m'appelles Kimberly. J'adore t'entendre m'appeler par mon prénom.

— Génial. Alors profites-en, voilà la troisième fois : *Kimberly*, allez, je te raccompagne chez toi.

Elle écarta vivement le bras qu'il s'apprêtait à prendre, et remua la tête en signe de dénégation.

— Hors de question. Je ne bouge pas d'ici, tant que nous n'aurons pas parlé de tout ça.

Elle vit la mâchoire de Zack se crisper, et ses yeux se rétrécir dangereusement, mais refusa de se laisser impressionner pour autant.

— Tu en as déjà assez dit.

— Mais tu n'as toujours pas répondu à ma question.

— Ma réponse n'a aucune importance.

Kimberly poussa une exclamation scandalisée et planta dans le torse de Zack un index accusateur.

— Ça a de l'importance pour *moi*, espèce d'idiot !

— Et bien, ça ne devrait pas. L'amour ne résout pas les problèmes, ma belle, il les crée.

— Oh, Zack, je t'en supplie, gémit-elle, ne fais pas ça. Ne recommence pas à m'appeler ma belle, ou ma puce, ou chérie, ou n'importe quelle autre appellation stéréotypée qui te permette de lâchement garder tes distances avec moi.

— Lâchement ! s'indigna Zack, resserrant violemment ses doigts autour de la main de Kimberly. Je ne suis pas un lâche, *chérie*, et je dis toujours ce que j'ai envie de dire.

— Oh, pour l'amour du...

— Tu crois vraiment, coupa Zack, que je vais te dire que je t'aime ? Mais enfin, Kimberly, comment pourrais-je faire cela ? *Là*, ce serait de la lâcheté de te le dire, et ensuite de partir.

— Je ne...

— Laisse-moi finir, Kimberly. Ce que je suis en train de te dire, c'est que je ne *peux pas* t'aimer. Je suis un militaire, et toi une fichue héritière. Nous ne jouons pas du tout dans la même cour, ma belle, tu ne comprends donc pas ça ?

Tout à coup Kimberly lui décrocha un violent coup de poing dans le ventre. Estomaqué, Zack expulsa d'un seul coup tout l'air de ses poumons et lâcha Kimberly, qui en profita pour reculer hors de sa portée.

— J'espère que tu plaisantes ? l'apostropha-t-elle, furieuse, les poings sur les hanches et le menton belliqueux. Tu es en train de me dire que tu ne veux pas de moi parce que je suis une Danforth ?

— Je n'ai pas dit cela...

— Pourtant je suis sûre que tu l'as dit, dit-elle, levant une main devant elle pour lui intimer l'ordre de se taire. Alors, ça, c'est vraiment un comble ! J'ai passé ma vie entière à voir des gens s'intéresser à moi *uniquement* parce que j'étais une Danforth, je me suis d'ailleurs rendu compte que c'était la seule raison pour laquelle Charles avait voulu m'épouser, et *toi,* tu ne veux pas de moi pour cette *même* raison ? Avoue qu'il y a vraiment de quoi hurler de rire !

Elle ne semblait pourtant pas du tout prête à rire, pensa Zack. Ni lui non plus d'ailleurs. Il se sentait sincèrement désolé : il n'avait pas un seul instant voulu la blesser et, maintenant qu'il voyait sa réaction, il ne savait plus que dire.

— Kimberly…

— Je t'en supplie, tais-toi !

Sa voix se brisa, et le désarroi de Zack s'accrut. Elle se détourna pour marcher d'un pas rageur vers le bord de l'eau, et Zack ne la retint pas.

Il se savait incapable, pour le moment, de trouver les mots pour apaiser sa colère.

Il n'avait jamais envisagé la situation sous son angle à elle. Et, maintenant qu'il venait de le faire, il comprenait que, en voulant éviter de lui faire de la peine, il l'avait tout de même sérieusement blessée. Ce salaud de Barrington n'en avait voulu qu'à sa fortune, alors que lui, à l'opposé, ne voulait pas de cette fortune. Donc, de toute évidence, si on se plaçait du point de vue de Kimberly, la seule chose qu'elle retenait de cette affaire, c'était que lui, tout comme Barrington, avait pensé à la fortune des Danforth, avant de penser à Kimberly elle-même.

Pourtant, Dieu savait qu'il se moquait pas mal qu'elle s'appelle Danforth ou Smith !

Kimberly revint alors vers lui au pas de charge, se planta devant lui, bras croisés, et resta un moment sans rien dire, à le fusiller du regard.

Il attendit patiemment, prêt à affronter sa colère.

— Je te le demande une dernière fois, Sheridan, dit-elle d'une voix sourde, est-ce que tu m'aimes ?

L'estomac de Zack se contracta. Pour la première fois de son existence il était *vraiment* amoureux. Le genre d'amour éternel qu'il ne s'était jamais attendu à rencontrer. Pourtant, il n'osa pas l'avouer à Kimberly. Il préféra répondre à côté.

— Je représente un pari sur l'avenir plutôt risqué, tu sais…

— Espèce d'idiot, dit-elle — mais son sourire annulait tout à fait la portée de l'injure —, le seul fait d'aimer quelqu'un représente un risque. Aimer, cela signifie se sentir prêt à prendre un risque *colossal*. Un pari sur l'avenir qui, tout d'un coup, donne un sens à chacun des actes de notre vie.

Il ne répondit pas tout de suite.

Kimberly lui parlait de risque, or, le risque avait toujours représenté une constante majeure dans son existence.

La carrière de militaire qu'il avait choisie comportait des risques à chaque instant. Des risques « colossaux » pour reprendre le terme employé par Kimberly. Alors, pouvait-il se priver de ce qui pourrait être sa vie avec Kimberly, simplement parce qu'il refusait de prendre un risque ?

— Tu m'as pris en traître, Kimberly.

Il la vit se figer.

— Que veux-tu dire, exactement ?

Il inspira profondément, et prit son premier risque en se rapprochant d'elle.

Elle était extraordinaire. Forte et courageuse. Prête à oublier son amour-propre, et à tenter le tout pour le tout, pour donner une chance à leur amour. Comment pourrait-il faire moins ?

172

Et, surtout, comment avait-il jamais pu croire qu'il réussirait à vivre sans elle ?

Il la regarda et comprit que, de toute façon, il avait été condamné depuis près d'un mois : à la minute même où elle lui avait ouvert la porte et lui avait décoché sa première remarque sarcastique.

Elle le faisait rire, elle le faisait réfléchir, elle le faisait vibrer avec un seul regard.

Elle était tout à la fois.

Et il ne *pouvait pas* la laisser disparaître de sa vie.

Il brava la furie du regard de Kimberly, et lui posa ses deux mains à plat sur les épaules.

— Cela veut dire que je n'avais pas du tout prévu de tomber amoureux de toi.

Kimberly se sentit vaciller puis, raidissant les jambes pour ne pas tomber, elle sonda le regard de Zack.

Même dans l'obscurité, elle y vit une lumière chaude et merveilleuse, et son cœur se mit à battre follement.

— Oui, Kimberly, reprit Zack, hochant gravement la tête, au premier regard de tes beaux yeux verts, j'ai su que j'étais perdu. Pourtant, crois-moi, j'ai lutté. J'ai combattu l'amour que je ressentais pour toi. Chaque jour, depuis le jour de notre rencontre. Et ça n'a pas été facile, chérie, car tu es diablement séduisante.

Il sourit, et vint lui encadrer le visage de ses mains.

— Je n'aurais jamais cru, docteur Danforth, qu'une femme pourrait un jour éveiller en moi des envies de chaumière, de bonheur domestique, de soirées au coin du feu… Enfin, tu vois ce que je veux dire : tous les clichés possibles qu'imagine un couple heureux de vivre ensemble, l'un avec l'autre. L'un pour l'autre.

Kimberly sentit ses jambes se dérober sous elle, et se laissa aller contre le torse puissant de Zack, avec un long soupir de bonheur.

— Et des envies d'enfants, aussi ? demanda-t-elle, le visage illuminé d'un sourire radieux.

— Oh, oui, bien sûr, répondit Zack en riant. Des enfants aussi. Plein.

Elle leva les mains pour les poser sur celles de Zack.

— Tu sais, moi aussi, j'ai résisté contre l'amour que j'éprouvais pour toi. Tu n'entrais pas exactement dans mes projets d'avenir.

— Ah non ?

Zack eut un sourire malicieux, et Kimberly se sentit fondre, comme elle savait qu'elle allait continuer à fondre, chaque fois que Zack lui sourirait, pendant au moins les quarante ou cinquante ans à venir.

— Alors, tu m'aimes ? insista-t-il.

— Je te rappelle que c'est moi qui t'ai posé la question la première.

— Exact, admit-il avec un hochement de tête. Alors, voilà ma réponse : je t'aime, Kimberly Danforth.

Elle lui sourit, avec une moue espiègle.

— Ça n'a pas été trop dur de prononcer ces mots ?

— Pas trop, non. Je crois que, en fait, je pourrai tout à fait m'habituer à le dire souvent ! Et je crois d'ailleurs que je vais te le répéter tout de suite : je t'aime, ma chérie.

Kimberly lui sourit, transportée de bonheur, savourant cet instant précieux, et consciente que, toute sa vie, elle se souviendrait de cette première fois, où Zack lui avait dit qu'il l'aimait.

— Ravie de l'entendre, Zack Sheridan, murmura-t-elle. Parce que, vois-tu, cela tombe bien, moi aussi, je t'aime.

174

— Oh, mon Dieu, Kimberly, dit Zack d'une voix rauque, et il l'enveloppa de ses bras, pour la serrer très fort contre lui, comme s'il avait craint qu'elle puisse lui échapper.

Mais Kimberly n'avait aucune intention de lui échapper, parce qu'elle avait, enfin, trouvé le seul endroit au monde où elle avait envie d'être. Au creux des bras de Zack.

— Je te disais donc, reprit Zack, le menton posé sur la tête de Kimberly, qu'il nous restait exactement deux jours avant que je reparte à la base.

Kimberly éprouva un petit pincement au cœur, mais elle se ressaisit aussitôt : c'était une réaction à laquelle elle allait devoir s'habituer. A dire au revoir à l'homme qu'elle aimait, et à guetter son retour avec impatience.

Oh, elle n'en doutait pas, elle ferait une excellente épouse de militaire. Zack ne la verrait jamais pleurer. Elle ne lui ferait jamais ressentir le poids de son inquiétude.

Non, tout ce qu'elle lui offrirait, ce serait son amour.

Pour toujours.

Zack s'écarta, pour pouvoir la regarder dans les yeux.

— Que dirais-tu d'un mariage express, à Las Vegas, suivi d'un jour et demi de voyage de noces ?

Il éclata de rire devant la mimique stupéfaite de Kimberly puis reprit son sérieux.

— Je veux t'épouser, Kimberly, et je ne veux pas attendre davantage. Je sais que le temps qui nous reste avant que je rejoigne la base nous est compté, mais, je te le jure, nous allons profiter intensément de chaque seconde.

— Las Vegas ? répéta Kimberly, encore sous le choc, hésitant entre l'incrédulité et l'euphorie.

— Oui, ça a bien marché pour Three Cards.

— Alors, ça marchera pour nous ! s'exclama-t-elle d'un ton joyeux.

Elle se haussa sur la pointe des pieds, et prit le visage de Zack entre ses mains, afin de poser sur ses lèvres un baiser passionné.

Un mariage à Las Vegas ? Quoi de plus romantique ? et de moins conventionnel, pour une demoiselle Danforth ? Quelle tête allait faire sa famille ! Elle avait vraiment hâte de leur annoncer la nouvelle.

— Alors, qu'est-ce qu'on attend pour préparer nos bagages ? demanda-t-elle avec un rire ravi.

En guise de réponse, Zack lui prit la main pour l'entraîner vers la maison.

— A propos, si tu as encore besoin d'un garde du corps pendant mon absence, j'enverrai l'un de mes amis assurer ta protection.

— Un autre marine ? demanda-t-elle en riant.

Zack s'arrêta net, et l'attira dans ses bras, la tenant serrée contre lui.

— Jamais de la vie. A partir de maintenant, beauté, dit-il avec son irrésistible sourire, je suis le *seul et unique* marine de ta vie. Tu as bien compris ?

Kimberly éclata de rire.

— A vos ordres, commandant !

Et elle se lova dans les bras de l'homme de sa vie, éperdue de bonheur.

TOURNEZ VITE LA PAGE,
ET DÉCOUVREZ,
EN AVANT-PREMIÈRE,
UN EXTRAIT
DU TROISIÈME VOLUME

LA DYNASTIE
DES
Danforth

UN SECRET BIEN CACHÉ
de Katherine Garbera

À paraître le 1er mars
dans la Collection *Passion*

Extrait de : *Un secret bien caché*
de Katherine Garbera

Larissa observait Jacob Danforth, assis face à elle.

Tout dans son apparence lui était familier : ses traits virils, ses yeux bruns veloutés, son sourire charmeur et même le tic qu'il avait de passer régulièrement les doigts dans ses cheveux épais… Et pourtant, aujourd'hui, elle avait l'impression de découvrir un autre homme, presque un inconnu… Bien différent, en tous cas, du garçon qui était devenu son ami lorsqu'ils étaient étudiants à l'université.

Elle se souvenait encore de leurs discussions animées tard dans la nuit, le soir après leurs cours… A l'époque, Jacob était un dilettante, à qui tout avait été donné dès le berceau : un nom respecté par tous les habitants de Savannah ; une fortune, celle de la famille Danforth qui possédait une société de transports maritimes florissante ; sans oublier son charme qui faisait craquer toutes les étudiantes sur son passage. Et si sa séduction était restée intacte, Larissa comprit que Jacob, en cinq ans, avait changé. Etait-ce l'éclat volontaire dans ses yeux qui avait remplacé la mélancolie qu'elle avait eu l'occasion d'y voir plus d'une fois à la fac ? Etait-ce la tranquille assurance qu'il affichait aujourd'hui, opposée à la désinvolture dont il faisait montre autrefois ? Larissa n'aurait su le dire avec exactitude, mais elle eut la certitude qu'elle se devait, plus que jamais, rester sur ses gardes.

D'ailleurs, Jacob ne venait-il pas de mettre en doute sa parole ? Elle se sentait blessée, trahie même, bien qu'elle soit responsable de la situation à laquelle il devait faire face aujourd'hui.

Elle inspira fortement, releva le menton et attaqua :

— Tu crois que je t'ai menti au sujet de Peter, c'est ça ? Tu doutes qu'il soit ton fils ?

Le regard pénétrant de Jacob la mit mal à l'aise. Gênée, elle se donna une contenance en rajustant l'élastique de sa queue-de-cheval.

— Ecoute, Larissa, ce n'est pas ce que j'ai dit, protesta-t-il en passant une main dans ses cheveux.

Elle croyait sentir encore la douceur de ses boucles brunes sous ses doigts lors de cette mémorable nuit, cinq ans auparavant où Peter avait été conçu. Elle secoua la tête pour chasser ces souvenirs inopportuns et essaya de rester concentrée sur leur conversation.

— Si vraiment tu me crois, alors tu n'as pas besoin de faire ce test de recherche en paternité !

— Je ne remets pas en cause l'aveu que tu m'as fait ce matin, même si tu peux imaginer quel choc cela a été ! Mais, j'ai l'esprit pratique. Pour subvenir aux besoins de Peter, j'ai besoin de le reconnaître légalement. Et seul le test dont je t'ai parlé le permettra.

« L'esprit pratique ? » Larissa esquissa un sourire amer. Parmi tout ce que Jake aurait pu lui dire, c'était la chose la plus inattendue. Toute sa vie, c'est *elle* qui avait eu l'esprit pratique, qui avait agi en fille réaliste, raisonnable. Qui avait fait ce qu'elle avait cru le mieux pour Jacob et la famille Danforth ! Oui, il avait bien changé le jeune étudiant si loin des réalités de la vie quotidienne... Son éclatante réussite professionnelle — une chaîne de cafés qu'il gérait avec ses cousins Adam et Ian et qui lui avait apporté son premier million à l'aube de ses trente ans — pouvait-elle expliquer ce changement d'attitude ?

Larissa se raidit sur sa chaise et songea qu'elle regrettait de ne pas avoir suivi son instinct ce matin : celui de s'enfuir de Savannah avec Peter, après le coup de fil de cette journaliste indiscrète, une dénommée Jasmine Carmody qui menaçait de tout révéler dans le *Savannah Morning News*, le quotidien le plus lu de toute la ville.

Elle aurait préféré n'importe quoi plutôt que de se trouver face à Jacob qui la dévisageait sans complaisance.

En gardant secrète l'identité du père de Peter et en n'avertissant pas Jacob de sa naissance, elle n'avait pas songé que son secret puisse être découvert un jour ; surtout, elle n'avait pas imaginé les conséquences que sa conduite allait entraîner dans sa vie et celle de son fils. Elle songea qu'elle avait agi de manière inconsidérée, même si elle avait été persuadée du bien-fondé de sa décision à l'époque.

— Tout est tellement…

Larissa craignait d'en dire trop. Tout aurait été tellement plus simple si Jacob et elle avaient été de simples amis, s'il n'y avait pas eu cette attirance physique qu'elle ressentait encore en le regardant.

—… complexe, acheva-t-elle.

Jacob eut un petit sourire et se pencha par-dessus la table pour lui prendre la main.

— Nous allons régler chaque chose en son temps, ensemble.

« Ensemble ? ». Quel mot effrayant ! Elle avait l'habitude d'être seule responsable de Peter. Comme c'était étrange de se dire que Jacob allait désormais avoir son mot à dire concernant son enfant. Leur enfant.

180

Oui, c'était étrange, mais pas désagréable — et ce sentiment l'effrayait encore davantage que la perte de son indépendance.

Jacob regardait le jardin qui descendait en pente douce vers la rivière et le ponton qui s'avançait au-dessus de l'eau.

— Bien, reprit-il. Ceci réglé, nous devons décider où nous allons habiter tous les trois. Chez toi ou chez moi ?

Avant que Larissa ne puisse lui répondre, il ajouta :

— C'est très joli ici, commenta-t-il d'un air approbateur. Je trouve cet endroit idéal pour élever un enfant.

— Merci. Peter et moi passons beaucoup de temps dans le jardin ou sur la rivière à canoter.

— Je ne t'aurais jamais crue aussi portée sur les activités de plein air !

— C'est à cause de mon métier de documentaliste que tu dis cela ? C'est mon côté rat de bibliothèque ?

— Rat de bibliothèque ?

— Ce n'est pas ce que je suis pour toi ?

— Je dirais plutôt que tu es une fille intelligente tendance sexy.

— J'ignorais que l'intelligence excitait les hommes !

Jacob la regarda d'un air narquois. Une petite flamme dansait dans ses yeux bruns et Larissa préféra baisser les yeux et revenir à la discussion sur les dispositions qu'ils devaient prendre.

— Es-tu sûr qu'il soit vraiment nécessaire que nous habitions ensemble ?

— Je pense que c'est indispensable pour couper court aux rumeurs que risquent d'engendrer la révélation que s'apprête à faire Mme Carmody, Et puis, je veux rattraper le temps perdu avec mon fils, c'est normal, non ? ajouta-t-il d'un ton qui avait perdu de sa douceur.

— Je…, je comprends, bredouilla Larissa. Mais, alors, je pense que nous devons mettre les choses au point.

Jacob la regarda d'un air interrogateur.

— Que veux-tu dire ? Une fois décidé si c'est ici ou chez moi que nous allons habiter, je ne vois pas trop ce qu'il faut mettre au point. A part savoir qui utilisera la salle de bains en premier le matin, bien sûr ! conclut-il dans un éclat de rire.

— Je ne plaisante pas, Jacob ! Nous nous connaissons à peine.

— Eh bien, justement, cela va nous permettre de mieux faire connaissance et de reprendre les discussions acharnées que nous avions à la fac !

— Ce que je veux dire, c'est que nous devons être bien d'accord sur la manière dont va se dérouler notre… cohabitation. Tu dois me promettre que nous nous comporterons comme de simples colocataires et…

— De quoi as-tu peur, Larissa ?

Ne manquez pas, le 1er mars,
Un secret bien caché,
de Katherine Garbera
le volume suivant de la Dynastie des **Danforth**

Vous pouvez le recevoir directement chez vous en nous appelant au 01.45.82.47.47 ou en nous retournant le bulletin-réponse que vous trouverez ci-contre.

Le nouveau visage
de la collection Or

◆

AMOURS D'AUJOURD'HUI

Afin de mieux exprimer sa modernité et de vous séduire encore davantage, votre collection Or a changé de couverture et de nom depuis le 1er mars 1995.

Rassurez-vous, les romans, eux, ne changent pas, et vous pourrez retrouver dans la collection **Amours d'Aujourd'hui** tous vos auteurs préférés.

Comme chaque mois, en effet, vous y attendent des héros d'aujourd'hui, aux prises avec des passions fortes et des situations difficiles...

COLLECTION
AMOURS D'AUJOURD'HUI :
Quand l'amour guérit des blessures de la vie...

Chère lectrice,

Vous nous êtes fidèle depuis longtemps?
Vous venez de faire notre connaissance?

C'est pour votre plaisir que nous avons
imaginé un rendez-vous chaque mois
avec vos auteurs préférés, vos
AUTEURS VEDETTE dans les
collections Azur et Horizon.

Les AUTEURS VEDETTE vous
donneront rendez-vous pour de
nouveaux livres vedette.

Pour les reconnaître, cherchez
l'étoile ... Elle vous guidera!

Éditions Harlequin

HARLEQUIN

LE FORUM DES LECTEURS ET LECTRICES

CHERS(ES) LECTEURS ET LECTRICES,

VOUS NOUS ETES FIDÈLES DEPUIS LONGTEMPS?

VOUS VENEZ DE FAIRE NOTRE CONNAISSANCE?

SI VOUS AVEZ DES COMMENTAIRES, DES CRITIQUES À
FORMULER, DES SUGGESTIONS À OFFRIR, N'HÉSITEZ
PAS... ÉCRIVEZ-NOUS À:
    LES ENTERPRISES HARLEQUIN LTÉE.
    498 RUE ODILE
    FABREVILLE, LAVAL, QUÉBEC.
    H7R 5X1

C'EST AVEC VOS PRÉCIEUX COMMENTAIRES QUE NOUS
ALLONS POUVOIR MIEUX VOUS SERVIR.

DE PLUS, SI VOUS DÉSIREZ RECEVOIR UNE OU
PLUSIEURS DE VOS SÉRIES HARLEQUIN PRÉFÉRÉE(S)
À VOTRE DOMICILE, NE TARDEZ PAS À CONTACTER LE
SERVICE D'ABONNEMENT; EN APPELANT AU
(514) 875-4444 (RÉGION DE MONTRÉAL) OU 1-800-667-4444
(EXTÉRIEUR DE MONTRÉAL) OU TÉLÉCOPIEUR
(514) 523-4444 OU COURRIER ELECTRONIQUE:
AQCOURRIER@ABONNEMENT.QC.CA OU EN ÉCRIVANT À:
    ABONNEMENT QUÉBEC
    525 RUE LOUIS-PASTEUR
    BOUCHERVILLE, QUÉBEC
    J4B 8E7

MERCI, À L'AVANCE, DE VOTRE COOPÉRATION.

BONNE LECTURE.

HARLEQUIN.

VOTRE PASSEPORT POUR LE MONDE DE L'AMOUR.

<u>COLLECTION HORIZON</u>

Des histoires d'amour romantiques qui vous mènent au bout du monde!

Découvrez la passion et les vives émotions qu'apportent à la Collection Horizon des auteurs de renommée internationale!

Captivantes, voire irrésistibles, ces histoires d'amour vous iront assurément droit au coeur.

Surveillez nos trois nouveaux titres chaque mois!

La COLLECTION AZUR

Offre une lecture rapide et

- ☑ *stimulante*
- ☑ *poignante*
- ☑ *exotique*
- ☑ *contemporaine*
- ☑ *romantique*
- ☑ *passionnée*
- ☑ *sensationnelle!*

COLLECTION AZUR...des histoires
d'amour traditionnelles qui vous
mènent au bout monde!
Cinq nouveaux titres chaque mois.

69 L'ASTROLOGIE EN DIRECT
TOUT AU LONG
DE L'ANNÉE.

(France métropolitaine uniquement)
Par téléphone 08.92.68.41.01
0,34 € la minute (Serveur SCESI).

Composé et édité par les
éditions Harlequin
Achevé d'imprimer en janvier 2005

BUSSIÈRE
GROUPE CPI

à Saint-Amand-Montrond (Cher)
Dépôt légal : février 2005
N° d'imprimeur : 45682 — N° d'éditeur : 11097

Imprimé en France